貓邏——著　Welkin——繪

天選者

①

就算是砲灰，
我也要當最帥的那一個！

人物介紹

姓名◉晏笙（男）
年紀◉二十二歲
職業◉時空商人
外貌◉黑髮黑眼，青年模樣。
武器◉能量槍

姓名◉阿奇納（男）
年紀◉十七歲
部落◉塔圖部落
職業◉戰士
人形外貌◉左藍右黃鴛鴦眼，銀髮。
獸形外貌◉白底灰花，就像放大版的臨清獅子貓。
武器◉長柄雙刃戰斧

姓名◉埃奇沃司（男）
年紀◉五十三歲（外貌看起來二十出頭）
部落◉瑪迦桑部落
職業◉六星藥劑師
外貌◉半植物半人形，翡翠色眼瞳。
性格◉爽朗和善、溫和親切。

目次

第一章
天選者

無窮無盡的白霧中，一團乳白色光球就這麼靜靜地飄浮著，絲絲縷縷的金色絲線穿透過空間纏繞上它，進而被它吸收。

晏笙不知道自己究竟「死」了多久，也許是幾十天、也許是幾個月或者是幾年……

在這種蒼茫一片、沒有日夜更替的環境中，要判斷時間是相當困難的。

在他被車子撞上並輾過時，他以為自己會死。

結果一股無形的力量出現，將他拉到這個奇怪的空間——無邊無界，除了滿眼濃郁的白霧之外，就再也沒有其他色彩的奇怪空間。

在這裡，他見到好多個平行世界的自己。

那些平行世界中的他，年紀有大有小，有學校的資優生，也有流裡流氣的小混混，富家子弟、大人物、上班族、打工族和背包客……

不管那些「晏笙」有什麼樣的背景經歷，他們全都穿越到了新世界，變成了「天選者」。

天選者是新世界當地居民給予的稱呼，意思是「被上天選中的人」。

大概是因為這樣的稱謂太高端，很像是電影中的主角，很多人都以為自己就是這個世界的主角，未來會發光發熱、稱霸世界、走上人生巔峰。

然而，事實很快就潑了他們一桶冷水。

因為這個世界的天選者有很多、很多，多到幾乎占了世界人口數的三、四成！

於是，一部分的天選者晏笙泯滅於眾人、一部分在冒險和爭鬥中死去，也有一部分真的經營出一份事業的。

所有的「天選者晏笙」中，年紀最小的是十七歲，而最年長的晏笙則是活了九百一十三歲，很誇張的年紀。

也不曉得為什麼，夢見過那些晏笙的人生後，他也或多或少、或清晰或模糊地得到那些「晏笙」的知識和經驗，就好像死去的他們將這些東西贈送給他，讓他這個存活下來的「幸運兒」，能夠帶著他們的未來、他們未完的人生、他們的缺憾，一起走下去。

這樣的遺願和饋贈，他深懷感激。

前輩們的慷慨贈與，雖然目前一時顯現不出成果，可是晏笙知道，他的未來肯定會受益良多。

——如果他還有「未來」的話。

隨著晏笙瀏覽過的平行世界增多，纏繞在乳白色光球上的金色絲線也跟著增加，直到將他裹成一團燦金色光團為止。

也不知道過了多久，他感受到暌違已久的暖意，而後是一股痠疼和沉重感，像是身上壓了一座大山。

晏笙很是迷茫，許久以後他才慢慢意識到，自己竟然有知覺了！

而後，他隱約地聽到了「叮」的一聲。

【你好，我是天選者輔佐系統，編號9113312！】

「天選者……輔佐系統？」晏笙眨了眨眼，垂眸將眼底的瞭然掩去。

眼前漆黑一片，伸手不見五指，只有一個白色的圓形物體在他面前飄浮。

從身體的感受判斷，此時的他應該是蜷曲著身體，窩在一個狹小卻又不顯壓迫的空間裡頭。

【是的，您已經死亡，並且在死後被天網選定成為天選者，獲得在次元星域的居住權。現在您正處於「育種」之中，再過一小時即將誕生。】

系統的解釋看似詳細，其實有很多事情都被它一語帶過。

例如：晏笙是被誰選中？天選者到底是什麼？評選標準是什麼？又為什麼會選他當天選者？系統背後的指使者是誰？

系統完全沒有打算解釋這些，而是順著設置好的開場白繼續往下介紹。

【系統隸屬於「百嵐聯盟」。百嵐聯盟是高等文明星域的大型融合族群，最初的聯盟種族是一百個，後來陸續又有新族群加入，目前百嵐聯盟共計有兩百五十個族群……】

【想要知道更多，請天選者盡可能地學習和充實自己、提高自己的能力，系統也會跟著宿主的成長而升級，屆時將會解鎖更多權限……】

【「天選者培養計畫」是經由百嵐議會多次開會討論後，獲得大多數議員支援的計畫。計畫內容是：由天網從其他星域遴選出肉體死亡的自由靈魂，給予這些靈魂第二次的生命，這些被天網所選取的靈魂便是「天選者」。天網將天選者們安置在「次元星域」中，讓天選者們在這裡生活，並提供天選者學習資源、任務和歷練場所等等，藉此觀察天選者成長以及成長的方向……】

【我是天網指派給您，協助您適應次元星域、為您解惑、記錄您的成長並且發布各種任務和獎勵給您的專屬輔佐系統，編號9113312。您可以為系統命名，也可以用編號呼喚本系統。】

「命名……」晏笙看了一下眼前這顆發著微微柔光的白色光團，又看了一眼它的編號，「你就叫壹貳吧！」名字取自編號後兩碼。

【命名完成。現在壹貳來為天選者解說系統的基本功能。】

晏笙的眼前展開一面藍色光屏。

【系統的基本選單有：

個人屬性頁面：以資料形式展示個人的能力，讓天選者直觀看見自己的成長。您可以在這裡觀看自己的屬性和天賦。

任務日誌：系統發布任務以及您查看任務紀錄的頁面。

商城：各種物資、道具和技能的鑑定和交易買賣區。

好友介面：遇見志同道合的人，可以與他們交換系統編號，加入好友名單，方便日後聯絡。

組隊：有些任務需要組隊行動，可以從這裡搜尋和創建臨時團隊。

地圖：所在位置以及任務位置查詢。

日後天選者的等級高了，還會開啟新的功能項目。】

雖然饋贈記憶中也有這些東西，不過親眼見到時，還是讓晏笙有一種不太真實的新奇感。

【請天選者點開個人屬性欄位。】

「怎麼點開？用手？」

晏笙一邊詢問、一邊用指尖試探地碰觸光屏上的標籤，光屏內的影像也隨著他的觸碰而轉換。

經由那些平行世界的記憶，他知道該怎麼操作系統，可是在系統眼中，他只是個新手，不應該知道這些事情，於是他也就權當自己是個懵懂的新人，一邊試探著系統，一邊遮掩著自己。

【操作方式有兩種，一種是肢體碰觸，另一種是意念控制。】

「我知道了。」晏笙轉而觀看自己的屬性表。

姓名：晏笙
部落：無（可以前往百嵐城的服務中心進行登記）
職業：時空商人（這是一個特殊職業）
潛力：鑽石級（很優秀）
體質：青銅級（極為差勁）
精神力：黃金級（不錯）
戰鬥力：青銅級（極為差勁）
親和力：鉑金級（好）
氣運：燦星級（幸運值爆表）

貢獻點：0

天賦技能：

一、鉑金級採集（可以採集鉑金級與鉑金級以下的異植、獸皮、礦石等資源）

二、鉑金級修復（可以維修鉑金級與鉑金級以下損壞的物品）

三、鑽石級鑑定之眼（可以鑑定鑽石級與鑽石級以下的物品）

四、鉑金級隨身空間（可以收納無生命體以及生命力低下的活物，例如植物種子、蛋、瀕死的活物等等）

【天選者加入部落可以獲得該部落提供的專屬任務和專屬培養物資，相對地，部落所發放的「部落任務」是必須要完成的，要是任務失敗會有懲罰。】頓了頓，系統又道：【天網並不強制要求天選者一定要加入部落，您也可以選擇當個自由人。】

「好。」晏笙點頭表示理解。

那些平行世界的晏笙也有加入部落，擁有記憶的他自然對這些事情有所了解。

不同部落所給予的物資和部落任務都不同，有些是材料收集、有些是器物製作、種植研究；有些注重戰鬥力，會要求單人或是與人組成團隊進行戰鬥任務；也有一些是偏文藝類、生活類的，像是讓人繪畫創作，或是看完某本書、某個影片後給予心得感想；還有提供某種材料讓天選者進行烹飪，創新菜單並回饋材料使用感想……

從這些任務中，也能看出該部落的偏好和風俗習性，只要挑對適合自己的部落並且用心執行，那些部落任務並不困難，失敗懲罰的機率相當小。

「時空商人是什麼意思？」晏笙看著面板上的職業問道。

這項職業在他的記憶中並不存在。

那些平行世界的前輩，有獵人、治療師、維修師、廚師、植物培育師、藥劑師、畫家、鑑定師等等，其中也有商人職業，但是商人職業就只是普通的商人，並沒有加上「時空」二字。

【時空商人是具有時空力量的商人。您可能曾經窺見時空的奧秘，或者是靈魂在宇宙中沾染了時空法則，獲得微薄的時空法則之力。擁有時空之力的人，有些人能夠擁有時空相關的特殊能力，有些人能夠改變時間，有些人能夠窺探命運……】

晏笙心頭一驚，以為自己隱瞞的秘密被發現了，不過系統接下來的話讓他稍微寬心一些。

【您不用擔心，天選者都是經由時空穿越來到次元星域的，可能是在途中沾染了時空法則，獲得部分時空之力，這樣的人雖然不多見，卻也不算稀罕。】

「也就是說，時空商人並不少？」晏笙再次確認。

【目前現存，包括歷史記載中的時空商人，約莫五十三萬人。】

晏笙不曉得這樣的人數算多還是少，不過既然系統說不算稀罕，那應該是不少吧？

晏笙下意識地用地球的人口認知作猜想，但是他完全忽略了，系統是來自宇宙星系，人口計算基準自然是以宇宙人口數量來計算，即使百嵐處於繁衍困難的階段，兩百五十個部落加總起來的總人口數也是地球的一千多倍，在這麼龐大的人口基數下，五十三萬人真的不多。

更何況，系統所說的是「目前已知並包括歷史記載的時空商人」，也就是說，這五十三萬人是加上歷史中曾經出現過的人物計算的，並不是現存的時空商人人數。

晏笙如果進一步追問現存的時空商人人數，肯定就能知道，時空商人是個相當珍貴而且極少數的職業，跟最多人從事的戰士職業相比，人數差距大約是一百七十萬比一，戰士為一百七十萬，時空商人為一。

可惜，自以為有記憶輔佐、對這裡了解頗多的晏笙，就因為這份自信而錯過了提前知曉的機會。

「屬性表上的鑽石級、青銅級這些是什麼意思？」

【這是宇宙公認的能力和價值的劃分依據，等級從低至高分別是：青銅級、黑鐵級、白銀級、黃金級、鉑金級、鑽石級和燦星級，一共七種等級。另外，往後您會遇見的怪物、裝備、技能書、藥劑、物資等等，也都是按照這樣的等級劃分。】

「我的體質是青銅級，這樣的體質……」

【很弱。】壹貳毫不客氣地評價道。

「我知道很弱。」晏笙無奈苦笑，「可是青銅級到底有多弱呢？可以舉個例子讓我知道弱跟強的差異嗎？」

【百嵐聯盟的種族平均體質是白銀級，以白銀級跟黑鐵級做比較，白銀可以舉起自身體重五十倍的重量，黑鐵級只能舉起自身體重七倍的重量。】

「那青銅級呢？」

【青銅級可以舉起自身體重一倍的重量。】

「這樣也不錯啊……」晏笙倒不覺得這樣有什麼差勁。

他以前可是連十公斤重的東西都拿得氣喘吁吁呢！

【請天選者的眼界開闊一些，收起不求上進的心態，勤奮的學習和積極向上的心態將會讓您的未來更加美好。】

「……」晏笙很想甩系統一記白眼。

說這麼多，不就是在指責他是條沒有上進心的鹹魚嗎？

「壹貳啊，我們可以活得佛系一點……」

【佛系是什麼？】

晏笙解釋了一番，而後總結道：「……總而言之，佛系是一種無欲無求、不爭不搶、不求輸贏，有也行、沒有也行的生活態度。」

【不積極？不爭取？沒有鬥志？對什麼事情都沒有興趣？毫無野心？遇到爭執就退讓？您……喜歡這種遇事順從、凡事退縮的生活方式？】

「……也不是這樣。」晏笙有些糾結，怎麼好端端的佛系生活被系統這麼一總結，就變得這麼奇怪呢？

【身為輔佐系統，壹貳並不支持這樣的生活態度，不過如果天選者執意要這麼做，壹貳也不會干預，畢竟這是您的人生。】

「……這些等級的重量好像沒有一個規律？」晏笙岔開話題，「我的意思是，青銅級是一倍重量，黑鐵級是七倍，可是白銀級卻是五十倍……」

【這樣的比喻只是讓您清楚等級之間的差距，與規律無關。】壹貳語氣平淡地說道。

「上面顯示，我的職業是時空商人，如果我不想當商人呢？如果我想做其他職業可以改變嗎？」

【可以。天賦職業只是根據您的天賦資質進行推薦，如果不喜歡這份職業，您可以前往各大主城市選擇想要學習的課程，通過職業考核後，就能進行轉職。】

停頓幾秒，確定晏笙都理解前面的解說後，壹貳又道：【不過站在輔佐系統的立場，壹貳並不建議天選者轉職，因為天賦職業是最適合天選者的職業，天選者在學習天賦職業和晉級上可以事半功倍，要是天選者有其他喜歡的職業，建議額外加開副職業欄位，增加副職業只需要支付一筆貢獻點，在系統介面開通副職業欄位就行了。】

「開通副職業有什麼用處？」晏笙追問：「不購買就不能學習嗎？」

【不開通副職業欄位也可以進行學習，只是不開通副職業欄位，就不能獲得天網認證。】壹貳回道：【開通副職業欄位能夠讓您承接副職業相關任務，也能

讓透過天網、傭兵公會等系統尋找相關職業的人迅速聯繫到您……】

簡單來說，副職業的開通等同於公家機關的認可，類似於廚師想要應徵工作就必須要有廚師證、醫生要有醫師執照才能行醫一樣。

晏笙如果想要透過天網或是傭兵公會等組織接洽任務，那就必須開通副職業，如果只是私下接單，那就不必多付這筆貢獻點，但是私下承接的任務，並不受到天網保護，要是被對方黑單或是在交易過程中下絆子，那也只能自己忍了。

「屬性表下面的鉑金級採集、修復、隨身空間和鑽石級鑑定之眼是什麼？這個是屬於我的？還是說我還要再去某個地方學習？」

【那些是職業附加的天賦技能，不用學習就擁有的。】

「每個商人都是這樣嗎？」

【不是的。雖然職業都會有天賦技能，可是除了固定技能之外，每個人所覺醒的技能並不相同，以商人來說，鑑定之眼和儲物空間是一定會有的固定天賦，其他則是看天選者本身的資質，有些人可能就只有鑑定和空間兩種，有些人則是像您一樣，覺醒了三、四種甚至是四、五種……】

【這些額外的天賦技能，有些是跟主職業相關，有些可能毫無關聯。像您的維修技能其實是偏向維修師的……】

【曾經有戰士職業的天選者，他覺醒了鍛造、維修和農耕技能，鍛造是戰士職業的固定技能，農耕不是。雖然農耕技能與主職業毫無關係，卻也可以按照覺醒的技能去選擇副職業發展……那名戰士對戰鬥職業不感興趣，為了生計，他開始鑽研了農耕和機械製造，發明了許多便捷的農用機械，成為一名相當有名的農業機械大師。】

【另外，就算是固定天賦技能，也有等級高低之分。您的天賦相當優異，技能都與主職業相關，具有相當優秀的時空商人潛力。】

「我有維修天賦技能，那麼我如果開通維修師這個副職業，還需要再去學習相關知識嗎？」

【可以學、也可以不學。】系統壹貳回了一個模稜兩可的答案，【但是學無止境，壹貳還是建議您進行深度學習，這樣還能讓天賦技能成長，獲得更高的職業評價。】

「職業評價是什麼？」

【職業評價需要經過考試獲得，可以前往各大主城或是百嵐城進行考試，職業評分一共有九星等級，一星最低、九星最高。獲得的星數越多，您的職業評價越好，會有更多人找您合作，您也可以收取比別人更高的酬庸。】

【另外，職業工會也會發派任務給相關職業者，這些職業任務給予的酬庸都相當豐厚，但是職業任務卻是有限額的，不是每名職業者都有。您的職業評價越高，獲得任務的機會越多，或許還有可能獲得指定任務，這類指定任務都是由顧客指定某位知名的職業大師製作，酬庸都是市面上罕見的資源……】

「我懂了。」晏笙點頭說道。

職業評價應該是類似於餐廳的米其林評價，由具有公信力的專業人士進行評分，讓民眾當作參考依據一樣。

【您還有其他疑問嗎？】

「暫時沒有。」晏笙回道。

【好的。等您誕生後，系統將會開始進行新手指引，請您稍待。】

「有新手指引，那有沒有新手大禮包？」晏笙開玩笑地問。

【有的，天選者誕生後，會拿到基本的生存物資。】

「任務是一定要完成嗎？要是失敗會怎麼樣？成功有沒有獎勵？失敗會不會處罰？」

【系統所發布的任務是日常任務，任務種類繁多，您可以任意進行選擇，完成任務會有獎勵，失敗沒有懲罰。】

「我知道了，謝謝。」

晏笙一邊考慮要添加哪些副職業，一邊摸索系統介面，熟悉它的各項功能。

饋贈記憶中的前輩們從事最多的職業是材料採集，其次是經商，再其次是修復和加工類……

從事戰鬥類職業的人並不多，頂多就是學個槍械射擊和槍械彈藥製作，做一個遠距離的攻擊手。

晏笙本身也不喜歡打打殺殺，再加上他的天賦職業是商人，他打算副職業就選擇採集和加工修復，這樣一來，他自己就是一條完整的產業鏈。

——自己挖掘材料、自己加工製作、自己販售，最後還能回收舊貨、修復毀損並以二手貨的價格再度販賣，既省錢又賺錢，多好！

最好還能夠找到一個可靠又強大的戰士當夥伴，免得才剛賺一點錢就被搶劫勒索……

「砰！」

一聲奇怪的，像是重物摔在遠處的聲響傳出，連帶引起細微振動。

然而，晏笙還沉浸在未來的思考中，並沒有關注到這個異常。

「砰！」

聲音比先前更加靠近、更加密集，地面的振動幅度也增強了。

「砰、砰！」

聲音越來越接近，振動也越來越強烈，已經有三、四級地震的規模，也終於引起晏笙的注意。

「怎麼回事？」

他警戒地環顧四周，意外地發現原本漆黑一片的空間竟然有了些許亮光，這時他才看清楚，那包裹著他的空間是鮮嫩的翠綠色，空間面上還交錯著葉脈之類的紋路，在陽光的照耀下，深綠色的脈落中有點點光芒流動，顯得生機勃勃、欣欣向榮。

【天選者，您的育種遭受到強烈撞擊，育種屏障的保護功能毀損，您將要提前出生了。】

「碰！」

最後這一下是直接撞擊在晏笙所處的育種上頭，晏笙甚至能夠透過那翠綠屏障看見一片巨大的黑影。

「啵、啵、啵啵啵啵啵……」

白色屏障上開始出現裂縫，伴隨著屏障碎裂的聲響，響聲越來越多、越來越密集，屏障也搖搖欲墜。

「提前誕生會不會有問題？」晏笙皺著眉頭詢問。

【請不用擔心，您的身體已經培育完成，新手指引和禮包也已經就位，只是缺少一套衣服而已。】

「……」所以他一出生就要裸奔？

【現在育種的外殼正在脫落，您即將出生。】

晏笙搜尋了一下前輩們饋贈的記憶，從中獲得了相關資訊。

天選者的誕生很像是「春天種下一顆育種，秋天收穫了一隻天選者」這樣的玩笑話，看似荒誕卻是真實。

育種被埋在土裡，等到天選者的靈魂和新生的肉體完全結合時，育種就會緩緩上升到地表，受到陽光照射時，育種堅硬的外殼就會自然剝落，讓待在裡頭的天選者出生。

「啵啵啵……磅！」

育種終於完全散開，晏笙眼前一亮，隨即又一暗。

一個巨大的、溫熱的、沉重的毛茸茸東西在育種碎裂後直接壓在他身上，讓他才剛坐起身就又躺下了。

「碰……」

晏笙的後腦杓撞在地上，雖然土地不是很硬，卻也讓他撞得頭昏眼花。

幸好對方在壓下來時已經做好了預防，及時撐起身體，沒將重量完全壓在晏笙身上，所以晏笙雖然覺得被重物壓得有些喘不過氣，卻還不到骨頭臟腑被壓裂、壓傷的地步。

不然被這麼一個龐然大物直面壓下，他才剛誕生的新生命可能馬上就沒了。

「糟糕！」

那龐大的物體驚慌地叫了一聲，而後晏笙發現覆蓋的黑影消失了，眼前明亮起來，只是他還沒來得及看清楚周圍景物，陰影再度罩下。

一隻強壯的臂膀撐著他的背部，將他攙扶著坐起身，微涼的東西遞到他嘴邊，從嘴唇的觸感判斷，遞到嘴邊的似乎是瓶子或是碗之類的硬質盛裝物，而嗅覺也告訴晏笙，某種帶有藥味的東西離他很近。

晏笙的腦袋還有些暈、眼睛也有些花，看不清對方想餵他吃下或喝下什麼，只能警覺地抿著嘴唇，不想開口，但那人卻直接掐著他的下巴，逼著他張嘴，並把東西灌進他嘴裡。

清涼而且帶著濃重藥味的東西入口後，對方似乎是擔心他會把藥水吐出來，用厚厚而寬大、疑似某種獸類的肉墊堵住他的嘴。

「這個藥劑可以強化你的體質，是好東西！就是難喝了一點，快點吞下就沒事了，快喝，乖啊……」清朗的年輕嗓音略顯急促地規勸著。

對於長年服用藥物調養身體的晏笙來說，這藥劑的味道並不算難以忍受，再加上對方的聲音聽來似乎沒有惡意，晏笙便乖乖地嚥下了。

「好乖。」略顯粗糙的掌心輕輕地摸了摸他的頭，略顯生硬地誇獎，「半小時後我再拿糖果給你吃。」

為什麼要等半小時？

晏笙才想發問，眼前突然一黑，他暈了過去。

看著剛出生的天選者暈過去了，阿奇納頓時鬆了口氣、又有些緊張地撓撓頭。

他偷偷地看了一眼天網直播彈幕，果不其然，直播間裡的觀眾們正組團對他開嘲諷，彈幕刷出的速度簡直可以媲美狂風巨浪了。

——不愧是幸運值黑到底的阿奇納，搭乘飛行坐騎了還能把自己摔下來哈哈哈哈……

——可憐的山壁，被撞塌了半邊哈哈哈哈……

——天啊嚕～～阿奇納的厄運光環已經蔓延到身邊的人了嗎？同情被壓扁的小傢伙哈哈哈哈……〔大笑〕〔大笑〕

——難道只有我覺得那個剛出生的小傢伙比較倒楣嗎？〔同情〕

——錯了，不是剛出生，他是正準備要出生就被砸出來了。

——同情加一！看到那些落石砸在育種上的時候，我都替他捏了一把冷汗！

——阿奇納，快查看一下這孩子的資料，別給人家砸出問題來。〔擔心〕

聞言，阿奇納連忙伸出毛茸茸的胖爪子，將爪尖處的藍光字體與晏笙手腕上的藍光身分碼相觸，加了對方好友，這樣一來，他就可以調查小傢伙的基本資訊了。

這也是趁著晏笙還沒進行系統設定的取巧方式，要是晏笙設定了「交友審核」或是「隱私保護」，阿奇納就沒辦法用這種方式取得他的資訊了。

晏笙的訊息很快就顯示在眾人面前，也讓先前的嘲笑轉為濃濃的羨慕。

——天啊天啊！我看到了什麼！竟然是時空商人！而且潛力還是鑽石級！阿奇納這是要轉運了嗎？

——恭喜阿奇納撿到隨身倉庫一隻！

——鉑金級採集、鉑金級修復、鉑金級空間，還有鑽石級鑑定之眼！這根本就是超級強力的後勤啊！阿奇納要發了！

——不～～我追阿奇納的直播，就是喜歡看他倒楣啊！

——重點不是那個！你們看到下面沒？

——小傢伙的下面？嘖嘖！你竟然趁著小傢伙光溜溜的昏迷時做出這麼邪惡的事！

——樓上沒說我還沒發現，小傢伙很粉嫩啊……（口水）

——沃曹！誰跟你們說那裡啊！我說的是資料！小傢伙的幸運值是燦星級！燦星級！燦星級！（重要的話要說三次）

——沃曹！他是宇宙意識的兒子吧？

——我竟然看到了一個活生生的、燦星級的幸運兒！

——阿奇納，這個小傢伙你要抓牢啊！有了他，你就不用擔心霉運了！

正當彈幕刷個不停時，一顆帶著絢麗特效的流星飛過，彈幕最頂端出現了加粗的系統文字。

——「奧莉亞公主」贈送阿奇納一顆星辰，並留言：阿弟，小傢伙的房號多少？這個小傢伙實在是太可愛了，我要養成他！

每一名天選者都有一個直播間，系統編號等同於直播間房號。

從誕生的那一刻開始，天選者的直播間就啟動了，百嵐的所有民眾以及監察員都可以透過直播間觀察天選者的情況，確定他們是否是百嵐聯盟所期盼的新移民。

當然啦！涉及到個人隱私部分的內容，像是上廁所、洗澡、睡覺這些畫面，天網會自動加上馬賽克，不會讓觀眾們看光。

現在正昏睡中、沒有衣服穿的晏笙，臉部以外的身體部位也全都是馬賽克。

在關注天選者之餘，民眾還可以給天選者打賞金錢或禮物，並透過系統利用「抽獎」或是「指定任務」的方式，讓天選者獲得該禮物。

為了不出現意外狀況——例如天選者沒有完成任務，拿不到獎勵——觀眾們大多會選擇用抽獎的方式讓天選者獲得禮物。

「晏笙的直播房號是9113312，大家對他有興趣的話，可以加個關注……」

阿奇納將晏笙的系統編號複述一遍。

在次元星域中，幾乎每個月都有上百名天選者誕生，累積下來是一個相當可觀的數字，再加上天選者們並不知道直播間的存在，不能像網紅主播那樣，跟觀眾聊天、套交情，所以百嵐的觀眾大多只關注自己喜歡的或是人氣高、被天網放在首頁推薦的直播，甚少會去觀看新人的直播。

絕大多數的天選者直播間，觀眾數都是掛零。

沒有觀眾，自然就沒有打賞和禮物，對天選者來說，就是少了一個得到資源的管道。

別小看這些打賞和禮物，這些資源可是跟天選者的成長有極大關係。

系統任務所給予的物資，都只是基本物資，想要更好的裝備和藥劑，一是去商城購買，二是跑去打黑塔，從殺死的怪物中取得。

殺怪有風險，甚至會死亡，商城的商品雖好，卻要花費大量貢獻點購買，相對來說，觀眾的打賞是獲得資源最輕鬆的方式。

阿奇納因為心裡愧疚，這才給晏笙做了一回宣傳，但也僅止於此。

觀眾們買不買帳、願不願意關注晏笙，晏笙能不能吸引這些觀眾留下，都不是他能干涉的事情。

再說，雖然阿奇納是百嵐人，身分比天選者高一些，可是在次元星域，他們所獲得的資源是相同的，他與晏笙也算是「競爭者」，觀看直播的觀眾就這麼多，資源有限，阿奇納雖然不是很在意這些，卻也沒有慷慨到將自己的觀眾推出去給別人的地步。

不一會兒，晏笙醒了。

首先映入眼簾的是一片茂密的樹冠，他正處於一大片陰影底下，金色陽光斑斑點點地透過樹葉縫隙灑落，零星幾點光點落在他的身上，帶來稀薄的熱量。

目光下移，晏笙發現這些樹木的樹幹極為粗壯，最纖細的樹身都要有四、五個人才能圍繞住。

枝葉繁盛、樹冠遮天，如同一把又一把綠色巨傘聳立於天地之間。

「咳！你醒了？」阿奇納開口說道。

早在晏笙睜開眼睛時，他就注意到了，他原本以為晏笙會很快就發現到他的存在，結果晏笙卻是望著樹冠發呆，無可奈何之下，他只好出言提醒。

晏笙撐著上半身坐起，這才發現身上蓋了一件斗篷、身下躺著一張毯子，而斗篷和毯子中間的身體什麼都沒穿！

晏笙瞬間羞紅了臉，不自覺地將斗篷抓緊了些。

「衣服。」阿奇納將一套他之前打寶箱怪物獲得的衣服遞給晏笙。

衣服只是黑鐵等級，他看不上這種低等級的服裝，防禦力還沒有他的皮毛強大，賣掉又沒有多少貢獻點，本想當成生火材料使用，現在轉送給晏笙也算廢物利用了。

晏笙遮遮掩掩地穿上衣服，這才看向身旁的說話者。

那是一名身材高䠷、體格精壯結實、長得相當好看的少年。

他的眼睛是特殊的異色瞳，左眼如同湛藍天空、右眼像是黃金般璀璨，頭髮是銀白色，外加深淺不同的灰色挑染，相當引人注目。

「讓系統掃描你的身體，檢查身體狀況。」阿奇納發現晏笙又看著自己發呆，無奈地再度提醒。

這個小崽子不行啊，一點警覺性都沒有！這樣很容易被吃掉的！阿奇納繃著小臉想道。

晏笙才剛誕生，長得白白淨淨、軟軟嫩嫩的，看起來就顯小，而且晏笙還比阿奇納矮一個頭，阿奇納便理所當然地將他當成小崽子看待。

他所屬的塔圖部落雖然以「破壞力驚人」和「兇殘」著稱，對崽子卻是相當友善，晏笙又是被阿奇納砸出育種的「受害者」，不管是因為愧疚或是部落的教育，阿奇納認為，他必須對晏笙負責！

晏笙不清楚阿奇納的想法，正欣喜地看著系統掃描結果。

系統掃描結果，身體一切正常，相當健康，而且阿奇納給的藥劑還讓他的體質從青銅級晉升成黑鐵級！

雖然這樣的體質依舊相當弱小，可是晏笙從系統那裡得知，像阿奇納給的體質強化藥劑是高級品，藥效溫和、沒有副作用，價格相當昂貴，要五十幾萬貢獻點才能購買一瓶。

「謝謝！」

知道自己占了大便宜的晏笙，對於把自己砸出育種、害他裸奔的阿奇納自然就生不出氣來，相反地，還很感激他。

他原本很擔心自己的青銅體質會拖後腿，就算沒有阿奇納給的藥劑，他自己也想去買一瓶，可是體質強化藥劑這麼昂貴，他要到什麼時候才能買到呢？說不定在買到之前他就先掛了。

現在好了，體質變成黑鐵級，雖然只是跳了一個階級，可是這樣的等級已經大大提高他的生存能力，讓他有信心在次元星域生活。

晏笙滿意自己的體質情況，阿奇納卻不滿意。

阿奇納來自戰鬥力強大、被稱為戰鬥種族的塔圖部落，就算是身體虛弱的早產兒，體質也是從白銀級起跳，而晏笙竟然只是黑鐵級！比早產兒還虛弱！

這樣的體質能夠在次元星域活下去嗎？

阿奇納深感懷疑。

「我保護你三個月，算是賠償。」阿奇納毛遂自薦道。

他之所以自願當晏笙的保鏢，並不是因為晏笙的幸運值或是時空商人職業，只能說，他們相遇的時機剛剛好。

阿奇納才進入次元星域三個多月，才剛摸熟這裡的情況，還保持著少年心性，要是他們相遇得早一些，自己都還不熟悉環境的阿奇納不可能擔任保鏢；如果相遇得晚一些，阿奇納的心性或許就被磨硬了，他會因為晏笙的價值而拉攏他、利用他，卻不會因為晏笙的體質同情他。

相對地，晏笙也一樣。

如果阿奇納沒有說出期限，晏笙不可能答應，畢竟他還存著饋贈記憶這個秘密；如果他們相遇在晏笙已經熟悉自身能力的情況下，他肯定也會拒絕，因為那時他已經不需要外來助力了。

而現在，晏笙確實需要阿奇納的保護，所以他同意了。

初相遇的兩人，就因為這份恰好的時機，付出了真誠和信任，造就了日後最令人稱道的友誼，以及最佳搭檔。

第二章

雲端上的百嵐城

三個月的時間轉瞬即逝。

在這段時間裡，晏笙跟著阿奇納來到出生地附近的「六石城」，在這裡接洽難度低的任務賺取貢獻點，以供日常花用跟課程學習。

阿奇納還教導晏笙設置「回城點」，往後如果在戶外遇難或是迷路，可以利用「回城石」傳送回到城市之中。

回城點可以無限設置，凡是具有規模的主城市都有回城點，回城點設置得越多，往後接洽遠程任務或是趕路都會更加便利。

回城點設置完成後，晏笙跟著阿奇納來到「學習院所」，那是由許多建築物組成、跟城鎮差不多規模的大型區域。

在阿奇納的建議下，晏笙選擇了射擊課程學習。

晏笙原本想選擇記憶中曾經學習過、學費更加便宜、武器也較為低廉的箭術課程，然而阿奇納告訴他，射箭需要強大的臂力和體力，這兩種晏笙都沒有，不建議學習射箭。

以晏笙目前的體質，他大概射出兩千枝箭就會體力匱乏、手臂痠疼、精準度下降。

雖然這些數量看起來不少，可是晏笙如果想進入黑塔刷怪、刷獎勵物資和金錢，這點數量只夠他通過黑塔的第一、二層樓，更高的地方是進不去的。

而越接近地面的樓層物資越廉價，獎勵也越少，想要獲得好東西，至少也要達到三層樓，就算晏笙找人組隊闖黑塔，減輕體能和戰鬥力上的負擔，可是以他那「虛弱」的體質，隊友們會願意讓他混水摸魚嗎？

思前想後，還是熱武器類型的射擊技能比較符合他的需求。

晏笙考慮過後也認同阿奇納的說法。

畢竟那位選擇了弓箭技能的獵人晏笙，體質可是黃金級，比他強悍多了！

射擊課程的學費有一半是阿奇納贊助的，就連武器也是阿奇納買給他的，這讓晏笙相當感激。

雖然晏笙很努力地接任務賺錢，可是因為他沒有戰鬥力、也沒有其他技能，能接下的都是尋找失物、跑腿送貨的低等級任務，這些任務給予的貢獻點相當少，生活花費需要相當節省。

畢竟他們這些天選者都是孑然一身來到這裡的，開局除了新手禮包以及一套衣物之外，沒有他物。

生活的方方面面，食衣住行，學習、訓練和醫療等等，這些都需要以貢獻點支付。

幸好這裡的任務種類相當多，除了戰鬥任務和材料收集任務之外，跑腿、幫傭、雜工的任務也不少，只要肯付出勞力，養活自己並不是難題。

生活獲得最基本的溫飽後，想要過得更好，那就必須提升自己的能力、接洽難度更高的任務，或是去刷黑塔賺資源，而要做到這些，首先就是要充實知識和提高戰鬥力，付費學習知識和技能，購買去黑塔冒險時必備的藥劑、防具和武器，這些的花費比日常支出更高。

而阿奇納卻慷慨地為他支付學習課程費用並且購買武器給他。

認識這麼久，晏笙也已經知道，阿奇納不過早他三個月進入這個世界，而且他才十七歲，比他小五歲（雖然外表完全看不出來），這讓晏笙有一種占了小孩子便宜的羞愧感。

為了盡快成長，晏笙相當努力地學習，下課後還會找阿奇納切磋，練習戰鬥技巧，就算每天被揍得渾身青紫也是咬牙苦撐。

阿奇納欣賞晏笙的韌性，對他的訓練也就更加嚴格。

他希望晏笙能夠活下來，並且成為百嵐聯盟的一員。

次元星域是一個培訓和篩選的場所，有一定的危險程度，不少天選者都夭折在這裡，也有人達不到成為百嵐公民的條件，被直接刷下來，無知無覺地定居在此。

從成立「天選者培養計畫」到現在，七千多年間，順利成為百嵐聯盟公民的天選者只有八百七十幾萬人。

對於生育力日漸下降，迫切希望引進新人、增加新生人口的百嵐聯盟來說，這點數量猶如杯水車薪。

被淘汰的天選者中，有一部分是死於怪物和黑塔歷練，一部分死於爭權奪利，一部分是自身獲得一定成就後就懈怠下來，不再充實和成長。

被淘汰的天選者並不會遭遇抹殺，他們會成為次元星域的居民，一輩子都生活在這裡，天選者輔佐系統也會陪伴他們直到壽命終結，這才繼續服務下一任宿主。

天選者的選拔是有時間限制的。

天選者們的平均壽命是三百歲，最長壽的可以活到五百歲，考慮到未來發展以及成長性，天選者們的考核測試定為三十年，考核標準就是天選者的職業成長。

也就是說，要是天選者們在這三十年間，能夠將天賦職業經營得有聲有色，闖出一定名號，就會進入初步審查環節，由觀看直播的百嵐民眾和監察員審查該名天選者的品性。

百嵐聯盟並不要求天選者一定要是好人，但是絕對不能有背叛所屬部落的情況出現，這是資格篩選的最低底限。

不過要是表現傑出，闖入前五千名的熱門直播名單中，即使年資不滿三十年，也能獲得提前審核的機會。

相對地，要是年資滿三十年了，可是天選者的直播間關注度卻是倒數的一萬名內，這樣的天選者會被直接淘汰，沒有成為百嵐聯盟公民的資格。

天選者輔佐系統有一個隱藏的評分機制，當天選者完成任務、職業等級提升、學習了新的技能，或是做了什麼對普羅大眾有益的事情時，就會獲得相應積分。

積分越高，天選者所屬的直播間的排名就會越高，更容易進入觀眾們的視線，會被眾人關注。

要是天選者學習懈怠、任務也是混水摸魚地進行，評價肯定不高，直播間的名次自然就低了。

要知道，次元星域每個月都會有十幾名到幾十名天選者「誕生」，奮鬥了三十年卻連後來者都比不過，那要頹成什麼模樣才行？

百嵐聯盟所要挑選的天選者，一是各職業出色的精英和人才，二是天賦不好但是卻很勤奮努力的，會落到墊底一萬名位置的，無疑是懶散、怠惰或是沒有上進心的人。

這樣的人，百嵐聯盟可不想要。

通過初步審查環節後，監察員還會進一步監察天選者的行為處事，並將他的直播影像傳遞給天選者加入的部落，由該部落做出裁決，選擇是否要讓這名天選者加入。

選擇是雙向的。

天選者選擇部落，部落也會挑選天選者。

如果該部落不認同這名天選者，認為該名天選者不符合他們想要的族人標準，監察員會將直播轉給其他部落，讓他們進行二度選擇。

一般而言，部落很少會拒絕加入自己陣營的天選者，但也有例外出現。

例如阿奇納所屬的塔圖部落，整個部落以強悍的戰鬥著稱，也最推崇強者，他們就拒絕過不少天選者加入。

拒絕原因大多是因為那些天選者體質弱小又不努力鍛鍊，總是靠著外物和旁門左道戰鬥，塔圖部落可以接受體質弱小，畢竟這是天生的，可是他們不能接受體質弱又不努力和喜歡用陰險詭計的人。

那些被塔圖淘汰的天選者，有些被其他部落討要了，也有二次選擇都沒被選上，只能待在次元星域過一輩子的。

要是天選者覺得自己跟所屬部落的風格不合，可以通過天網選擇更換部落，不管更換幾次都是被允許的。

百嵐民眾認為，在最終確認部落之前，多多接觸部落、尋找適合自己的歸屬，這是對自己負責、也對部落負責的行為，值得稱讚，並不會引起不滿。

當晏笙的射擊學得差不多時，跟阿奇納約定好的保護時間也只剩下三天。

阿奇納帶著他走到市中心，那裡有一個噴泉廣場，噴泉周圍立著一根根發光的光柱，光柱的直徑約莫五公尺，能夠容納兩個人並排進入。

光柱環繞噴泉一圈，一共十二根，從上空俯瞰，這個噴泉廣場就像是鐘錶錶面的模樣。

「這裡是傳送陣，可以傳送到『百嵐城』跟『黑塔』。」阿奇納指著光柱說道：「每座主城的噴泉廣場都有傳送陣，很好找，不用擔心找不到。」

頓了頓，阿奇納又補充道：「要是真的找不到，你可以讓系統給你指路。」

有些人屬於路癡屬性，晏笙似乎就是其中一員，阿奇納每次跟他約好在某某方位見面時，除非有明顯地標，否則晏笙總是會走到其他地方去，屢試不爽。

知道阿奇納為什麼會這麼補充，晏笙只能回以苦笑。

其實他也不算路癡，他只是分不清楚東西南北的方向而已，偏偏阿奇納跟他說明地點時總是用方向表示，像是西北城門、小樹林的東方、河流的南方……

身為城市出生和長大的孩子，他還是習慣用某某街道、某某標幟物當作座標，在這種情況下，迷路也是正常的吧！

不過傳送陣的位置晏笙記得住，因為它是天選者最為熟悉的場所，使用頻率僅次於百嵐城，晏笙擁有其他晏笙的記憶，自然對它同感熟悉。

「我們先去百嵐城，之後再去黑塔。」

阿奇納簡單地說了一下行程規劃，便透過系統繳交了兩人的傳送費用，拉著晏笙進入光柱之中。

晏笙並沒有詢問「明明可以直接從這裡傳送到黑塔，為什麼非要先去百嵐城再去黑塔」，而是安靜地跟隨阿奇納的腳步。

光柱的傳送讓晏笙覺得很舒適，周圍是柔和的彩光，身體有一種輕飄飄的失重感，卻又不像高空墜落那樣令人驚慌失措，像是被某種柔軟物質穩妥地包裹住，很有安心感。

似乎是一眨眼，傳送就完成了。

看著眼前的陌生景象，晏笙竟有一種不想離開光柱，還想繼續待在裡頭的留戀感。

「你還好嗎？」阿奇納略顯遲疑地問：「第一次傳送都會不舒服，沒有藥物可以醫治傳送的不適感，你忍耐一下，以後習慣了就好。」

「我……還好。」晏笙將真實感受吞了回去，不想被當成異類看待。

阿奇納上下打量晏笙一番，確定他的臉色正常，確實沒有逞強後，這才繼續領路。

「百嵐城是一座浮空島，位於雲端之上，這裡的傳送陣可以傳到世界各地的主城和黑塔，相當方便，但是這裡不能設置回城點，要來百嵐城只能經由主城的傳送陣傳送過來……

「百嵐城是次元星域最繁榮的地方，這裡有商業區、競技區、娛樂區、維修區、學習區、任務區等等……你要是不清楚，可以讓系統為你作介紹。」

「好。」晏笙點頭答應。

阿奇納帶著晏笙來到一座螺旋狀外形，建築物整體呈現銀藍色澤，看起來很有未來感的建築物前。

「這裡是百嵐城的服務中心，要去黑塔也是從這裡傳送。」阿奇納簡單地介紹道：「租賃信箱、商店、倉庫、交通工具和住所，申請加入或是轉換部落，問題諮詢，了解百嵐各個部落資訊、買賣情報等等，都可以來這裡。」

服務中心的一樓是敞亮潔淨的大廳，占地面積遼闊，放眼望去，竟有一種「站在世界中心，看不見盡頭」之感。

一道道光束均勻地分散在大廳各處，來來往往的人潮經由傳送光束傳送到想去的樓層。

【百嵐城服務中心的一樓是通行大廳，出入口高達五百個，可以極快地輸送人潮。】

系統壹貳在晏笙踏入大廳後，盡責地介紹道。

【二樓是諮詢區，對於百嵐城有任何疑惑，都可以在這裡獲得解答……】

【三樓是租賃區，天選者可以在這裡租賃信箱、商店、倉庫、交通工具、武器、機器助手……】

【四樓是黑塔傳送陣以及情報屋，可以來這裡買賣情報……】

【五樓以上是圖書館，內有百嵐各個種族的介紹以及相關書籍。】

【頂樓是部落區，天選者想要加入部落或是轉換部落，都要來此處申辦……】

阿奇納並不是帶晏笙來加入部落的，而是帶他來到三樓的租賃區。

租賃區同樣面積遼闊，但是因為人潮沒有一樓多的關係，放眼望去人群稀疏，顯得相當空曠。

晏笙注意到，這裡的地板顏色和樣式各有不同，有木紋地板、黑色崗岩地板、灰色石紋地板、千鳥格織紋造型地板、長著青草坪的地板、彩石地板、繁複華麗的圖騰地板、毛茸茸的柔軟地板等等。

這些不同花色、質料的地板，面積方正，自成一個小區。

區域與區域之間有十字形通道交錯，上方還懸浮著一塊標示牌，註明著該區域的用途。

「兩位客人好，請問兩位需要什麼服務？」外觀明顯是機器人模樣的服務員出面招呼道。

「我要租一個店鋪，最便宜的那種。」阿奇納直白地說道。

「好的，請站穩，我們即將移動。」

機器人拿出一個像是電視遙控器的東西，往上頭的紅色按鍵一按，阿奇納和晏笙站立的地板就飄浮起來，晏笙一個沒留神，還差點重心不穩地摔倒。

「小心。」阿奇納伸手摟住他。

機器人回頭看了晏笙一眼，再次重複，「請客人站穩，我們要移動了。」

「好。」晏笙略顯尷尬地點頭。

其實地板飄浮的動靜並不大，大概就跟電梯啟動時的顫動差不多，留意一點就不會有事，只是他剛好想起一個往來百嵐城的小訣竅，這才分了心，沒站好。

因為百嵐城無法設置回城點，但又因為百嵐城這裡相當便利，天選者需要的資源這裡都有，而且這裡的商品更新速度是最快的，有什麼新產品都是百嵐城先上市，之後才輪到其他城市，所以很多天選者就想了辦法，希望能夠迅速地往來百嵐城，不需要經過主城再轉傳送。

後來有個人想到利用百嵐城的店舖。

店舖原本是讓天選者自行上架販賣物品的地方，不過因為店舖自帶一個小倉庫，所以也有人會用它來儲存物資，省去租賃倉庫的費用。

後來有人發現，店舖的名片和店舖鑰匙同樣具有傳送作用，不過名片一天只能傳送一次，而店舖鑰匙則是沒有傳送次數限制。

但是天網也沒有限定一人只能擁有一家店鋪的名片，想要增加傳送次數，多準備幾張不就得了？

於是乎，聰明的人就收集了一堆店鋪發放的名片，方便往來百嵐城。

這件事情被天網和百嵐聯盟發現了，卻也沒有禁止或是更動店鋪的設定，而是讓它成為一個半公開的秘密，不主動公開，卻也不隱瞞，全看天選者們有沒有注意到這個「小訣竅」。

機器人領著兩人來到木紋地板的區域，上空的標示牌也顯示著「小型店鋪租賃區」，而隔壁鋪著長毛毯的區域則是「大型店鋪租賃區」，不過不管是哪個區域，服務員都是機器人。

「兩位好。」

櫃台服務員往桌面一按，一面淡藍色光屏自桌面升起，立於兩人面前，螢幕上的圖樣是一張平面圖，旁邊的文字標題寫著「商業五十一區」幾個字。

平面圖上的粗線條是建築物的輪廓，細線條畫著無數個小方塊，有的方塊是白色，有的方塊被藍色填滿。

「藍色的都是已經出租出去的，白色是可以租賃的。」櫃台服務員解說道：「這些店鋪規格都一樣，店面空間十坪，倉庫空間五坪，商品上架位置是五個，月租金是兩百貢獻點，要是一次租賃一年，並且繳足一年的租金，可以打九五折……」

櫃台服務員又按了一下桌面，螢幕上的平面圖變換成商業二區的圖樣。

「一到二十區的人潮最多，所以同等規格的店鋪，租金會比較高，這裡的店鋪租金是一個月四百貢獻點。」

緊接著，平面圖又更換了。

「二十一區到三十區是空間較大的店鋪，店面空間三十坪，倉庫空間十五坪，商品上架位置是十個，月租金是六百貢獻點……」

「三十一區到六十區的店鋪位置都是在邊角處，較為偏僻，租金費用就是剛才說的，一個月兩百……」

阿奇納並不是真的想要做生意，只是想要店鋪鑰匙，方便他往來百嵐城，所以他挑了最便宜的店鋪，月租金兩百貢獻點的那種。

阿奇納並沒有讓晏笙也租一間，而是在一切手續辦妥後，遞給晏笙一張店鋪名片。

名片是一種類似壓克力材質的半透明薄片，規格跟一般名片差不多，名片上只有兩行訊息，一個是店名「阿奇納的店」、一個是阿奇納的系統編號。

沒有名片的人想找到這間店，只要輸入阿奇納的名字或是系統編號，就能透過天網搜尋到店鋪位置和架上的商品。

『店鋪的名片可以傳送回到百嵐城，一天只有一次傳送機會，落點是在店鋪門口。』即使周圍只有機器人，阿奇納還是謹慎地用隊伍頻道說話，『以後你有時間可以逛一下其他店鋪，多拿一些名片，要來百嵐城也比較方便。』

『好。』晏笙點頭答應。

「你把名片貼在手腕的身分碼上。」

「身分碼？是這個嗎？」晏笙抬起手，展示著手腕上發著熒熒藍光的位置。像是商品條碼一般，手腕處橫列著一排藍光花紋，看上去就像是某種漂亮的刺青。

「對，那看起來像花紋的東西，是你的系統編號，你把名片貼到花紋上面……」

晏笙依言照做。

店鋪名片貼上後，像是被皮膚吸收一般，融進了皮膚。

「咦？」晏笙訝異地摸了摸手腕，確定那裡並無異常。

與此同時，系統壹貳發出了提醒聲。

【收錄阿奇納的店鋪資訊一份。店鋪位址儲存中。】

「名片的使用方式跟回城點一樣，跟系統說一聲就可以傳送。」頓了頓，阿奇納又道：「你可以把我的店鋪設定在緊急欄位，這樣就不用說出全名，也不用找半天，只要喊一聲傳送，系統就會預設將你傳送到我的店鋪。」

「好。」晏笙乖乖做了設定。

「走吧！現在去黑塔。」

兩人來到四樓，這裡很明顯地被分割成兩個大區域，左邊是情報屋，右邊是黑塔傳送區。

傳送區裡，放眼望去全是一顆顆的巨大菱形發光體，這些發光體約莫兩層樓高，體積如同屋子般巨大。

發光石井然有序地林列著，搭配上交錯的通道，遠遠望去，就像是棋盤和棋子的構圖。

「每一顆傳送石都對應著一座黑塔，傳送石上顯示著黑塔的等級和所在地區名稱……」阿奇納介紹道。

「傳送石的材質等於黑塔的等級，黑塔的等級跟怪物危險性、通關難易度、資源有關，青銅材質的門就是青銅級黑塔，裡面的怪物是青銅級，闖關難度是青銅級，刷出的資源也是青銅級……」

阿奇納指著飄浮在門扉上的文字說道。

「不同地區的黑塔，就算是同一個等級，裡頭的怪物跟資源都不一樣，要刷巨蛇和蟒蛇材料，要找位於沼澤跟樹海的黑塔，要刷赤眼角蜂、沙漠環蛇這些耐旱蛇類，要去沙漠找，想要採集礦石物料，礦山黑塔最多……

「這些資訊《黑塔百科》裡頭都有，《黑塔百科》一共七本，可以拆開購買，第一集是介紹青銅黑塔，第二集是黑鐵黑塔，第三是白銀，依此類推，一個等級一本。第一集的價格是一千貢獻點，第二集是兩千，天網可以買到……

「青銅黑塔裡頭的怪物，殺一隻可以賺一個貢獻點，不多，可是比那些跑腿送貨的任務要好賺。」

大概是即將分離，阿奇納的話也多了起來，叨叨絮絮地說個不停，像是擔心他一走，晏笙就會被人拐騙或欺負一樣。

儘管如此，他還是必須離開。

阿爸、阿媽告訴過他，想要對一個人好，並不是把所有好東西都給他，而是教給他拿到那些東西的能力。

如果晏笙一直依賴著他，自己沒有強大起來，監察員和百嵐民眾是不會同意讓他成為百嵐公民的。

擁有力量，才能擁有一切。

這裡的「力量」並不單純指戰鬥能力，而是泛指所有的生存能力。

不過阿奇納還小，在他出生的「塔圖部落」中，二十五歲才算成年。以戰鬥力強悍著稱的塔圖部落，對於小孩的教導向來都是以戰鬥訓練為主，小崽子們都是在摔摔打打中成長，而這一代中天賦資質最好的阿奇納，更是在長老和教頭的強悍打擊中成長的，所以剛剛離開族群來到次元星域歷練的他，理所當然地以為力量就是戰鬥力。

也是因為這樣，阿奇納才會想要在兩人分離之前，帶著晏笙打一場黑塔。

就算晏笙戰鬥力弱，可是他只要學會通關黑塔一、二層的技巧，就能積攢貢獻點，就能用貢獻點學習和購買各種資源。

對戰鬥天賦強大、職業又是戰士的阿奇納來說，單槍匹馬通關青銅黑塔一、二層是相當容易的事，可是對於晏笙這樣的弱雞來說，這樣的難度就跟要他參加鐵人三項差不多艱難了。

不過晏笙也知道阿奇納是為了自己好，自然沒有反對阿奇納的想法，更何況，他以後想要開闢維修師這個副職業，維修師所需要的各種維修材料都是從黑塔取得，他現在不努力成長，以後就只能花貢獻點在市場上買了。

高階物品的維修還好，不管材料如何昂貴，他都是能賺上一筆，可是低階維修的收費並不高，要是連材料也要向外採購，他很有可能賠錢。

一想到這裡，晏笙連忙對阿奇納提出材料供應請求。

「你要是有不要的材料，我用市售價的五成跟你進貨，我也不占你便宜，以後你的武器維修，我全都不收錢。」

晏笙給阿奇納留出了空間，也給自己騰出了利潤，不收購他全部的材料，只收他不要的材料，並為他免費維修武器，兩人都不吃虧。

「好，等一下我們多刷幾次黑塔，賺了貢獻點後，你去租一個信箱。」

信箱具有跨區寄送物資的功能，不管阿奇納和晏笙相隔多遠，都能將東西送到對方手上。要領取信件或是寄件時，只需要找到郵筒造型的信箱就能收寄，相當便捷。

信箱投遞數量相當多，百嵐城、各個城鎮和村落、黑塔、荒郊野外、人跡罕至的區域都有，不用擔心會有信箱數量太少、收寄不方便的情況發生。

曾經有人在深山老林迷路，在他快要餓死時，意外發現一個信箱，之後便窩在信箱處，靠著朋友郵遞的物資維生，最終幸運地脫險，還帶回了他在那裡找到的材料，發了一筆大財。

之後，那人立刻將他租賃的信箱升級，當作是最後的一線生機。

另外，信箱還能夠儲物，期限是三十天，要是三十天還沒人收取，信件或是貨物就會退回給原寄件人。

「對了，你不是有鉑金級修復天賦嗎？你可以開一間維修店啊！」阿奇納突然想到晏笙的天賦技能，「店鋪也有附設信箱功能，不管是商鋪、維修店、藥劑店、鑑定店、鍛造鋪、餐館等等，只要是跟百嵐城承租的店鋪，都有附設信箱，你租了店鋪就不用再去租信箱了。」

雖然很多東西都要收費，可是百嵐聯盟也不是真的死要錢，只要細心一點，在服務中心那裡詢問仔細，還是能夠省下不少花費的。

「你想要去哪個黑塔？」阿奇納帶著晏笙站在青銅黑塔區的邊角處，「維修材料多的地區有：瑞如港、華斯湖、亞克山脈、卡巴馬島……」

阿奇納一連報出好幾個名字讓晏笙挑選。

晏笙思索了一下，選了亞克山脈黑塔。

阿奇納以為他是隨便選的，也不多問，直接走進傳送石裡。

青銅黑塔是饋贈的記憶中最為熟悉的，就像是遊戲中的低等級副本一樣，遊戲玩家就算不關注，刷上好幾千次也就熟能生巧了。

目前阿奇納和他所用的武器材料，就屬亞克山脈黑塔最為齊全，所以他才會選擇這個區域的黑塔。

亞克山脈是一處綠意盎然、巨樹林立、山峰綿延的山脈，全長約四百公里，東西寬約一百公里。

亞克山脈黑塔位於山脈的主峰頂端，站在黑塔前的空地眺望，頗有一覽眾山小的豪氣感。

頭頂上是遼闊的藍天、腳底下是翻湧的雪白雲霧，遠處是連綿起伏的綠意，天地間彷彿只剩下這三種顏色，相當震撼人心。

晏笙忍不住叫出系統，讓它拍攝多張美景照，並以亞克山脈黑塔為中心，一百八十度水平旋轉拍攝，將周圍的美景全都錄製下來。

晏笙玩網路遊戲的時候就是一個風景黨，別人刷怪刷副本練等，他則是到處挖藥草、採礦、釣魚和欣賞風景，靠著採集到的材料和製作技能，他也賺了不少錢，在遊戲中過得相當舒適優渥。

現在來到次元星域，晏笙覺得自己就像是進入網遊世界一樣，雖然戰鬥力弱了點，不過憑藉著那些饋贈的記憶，他相信自己可以在這裡過得很好。

「為什麼要拍照？」阿奇納困惑地看著他。

身為戰鬥狂的他，實在很不能理解，為什麼晏笙小崽子看到黑塔時，不是興奮地衝進去殺怪，反而在外面拍攝這些沒用的風景。

「第一次的黑塔戰鬥當然要錄影下來紀念啊！」晏笙笑呵呵地說道。

「唔……」阿奇納摸了摸下巴，覺得晏笙說得也有些道理，於是他也讓系統開啟攝影功能，把他第一次帶人刷黑塔的過程記錄下來。

青銅級黑塔共有三層樓，每一層樓都有一百公尺高，巍峨又高大，站在黑塔底下，看著沒入天際的黑塔，晏笙聯想到神話故事中，用來支撐天地的天柱。

「又在發什麼呆呢？都說過幾次了，不要隨便發呆，要是遇到危險怎麼辦？」

阿奇納無奈地戳戳他的額頭，卻也不敢戳得太用力，生怕一個不小心就把他的腦袋給戳破了。

經過這段時間的相處，阿奇納已經深刻了解到黑鐵級體質有多麼脆弱，他只要稍微一用力，就能把晏笙給捏骨折了。

擔心哪天不小心捏死了晏笙，阿奇納努力鍛鍊力道的控制，現在終於能控制在「戳晏笙額頭時，只把腦袋戳紅而不是直接戳出血來」的程度。

以前長老和教頭要他學習控制力量，他總是嗤之以鼻，覺得力量就是要越強大越好，控制做什麼？所以他的力量控制考試都不合格。

現在因為晏笙的關係，他的控制精準度比待在塔圖部落時強了許多，就連圍觀直播的長老和教頭也很是讚許，還給晏笙打賞了禮物。

至於為什麼不是打賞給他，而是打賞給晏笙？

長老和教頭說：晏笙是能讓阿奇納成長的益友，他們當然要對他好。

又說，反正阿奇納的觀眾人數比晏笙還要高出數百倍，每天都能收到不少打賞禮物，何必跟晏笙搶這一點小東西？

更何況，阿奇納那個渾崽子還把晏笙的骨頭捏斷好幾次，雖然立刻讓晏笙喝了藥劑治療，可是他們身為長輩，難道不該補償這個可憐的孩子嗎？

阿奇納的家人覺得長老和教頭說得有道理，也跟著送了不少禮物給晏笙。

不曉得這些前因後果的晏笙，只覺得系統這段時間好像中病毒似的，每天都有抽獎活動，讓他在驚喜之餘又擔心會不會哪天接到通知，說系統抽風時送出的東西不算數，全都要回收。

他還將這樣的忐忑跟阿奇納說了，結果阿奇納只顧著捧腹大笑，完全不安慰他，把晏笙氣得半天都沒理他。

第三章
塔圖大貓

黑塔入口處是一個大型廣場，這裡是讓天選者們休整備戰、找人組隊、交易買賣和處理各種雜事的地方。

穿過這個廣場才會進入真正戰鬥的地方，並不是一進入黑塔就會立刻遭受到怪物攻擊。

「很多人打到材料後都會在這裡擺攤販賣，要是不想賣，旁邊也有信箱可以寄件，你可以自己寄給自己，這樣就能清出空間再進去刷。」阿奇納指著廣場邊緣處的信箱說道。

「你以後想買材料也可以來這裡找，很多人懶得回城，會把一些不要的、賣價也不高的材料直接擺攤賣了，通常他們的賣價都不會太高，你買的時候查一下市場上的收購價，大概用低於收購價一、兩成的價格去買，他們都會願意賣給你。」

頓了頓，阿奇納又道：「你想要練習維修技能，也可以來這裡擺攤練手，不過替人維修時要特別注意，會來青銅黑塔刷資源的人，大多不富裕，要是沒有把握徹底修復，最好不要接單，不然你把人家的武器修壞了，可是會被打死的。」阿奇納半恐嚇、半嚇唬地說道。

「嗯，我知道了。」晏笙認真地答應，並沒有認為阿奇納的說法誇張。

在饋贈記憶中，職業是維修師的前輩就曾經遭遇過這種情況，不過他並不是把人家的武器修壞，而是把已經被認定報廢、無法修復的武器修復了六成。

照理說，這樣的維修成果已經相當優秀，可以說是手藝精湛了，畢竟那是被認定已經報廢的武器，能夠修復六成已經是意外之喜了，可是送修者卻不這麼想，他認為是維修師不夠盡心，非要維修師前輩賠他一把武器。

那位維修師前輩的武力值不高，再加上才開店半年多，名聲不顯，為了息事寧人，也只好摸摸鼻子認賠。

後來他才從別人那裡得知，有不少天選者就是利用這種方式，拿著快要報廢的武器，哭哭啼啼地哀求維修師替他修復，要是維修師因為同情而答應了，等到武器維修完成，只要不是完全修復，就一定會被對方敲詐一筆。

「人善被人欺」這句話，在這裡被充分地運用了。

穿過廣場，他們來到一面川流不息的巨大水牆前，這裡是黑塔的真正入口。

穿過水牆時，晏笙明顯感受到如同傳送光柱一樣的舒適感，他的腳步一頓，差點沒跟上阿奇納的腳步。

黑塔是存在於時空夾縫，人造的真實空間！

不知道為什麼，他的腦中冒出這樣的念頭，而且這樣的想法莫名地篤定。

「黑塔分成個人和組隊兩種模式……」阿奇納的聲音拉回他的思緒，「關卡難度、怪物數量跟資源會依據團隊人數增加。」

怕晏笙不了解，阿奇納又進一步細說道：「我們現在是雙人隊伍，進去後不會遇見其他人，只有跟我，如果你是一個人進入，裡面也只會有你一個人。」

「我知道了。」晏笙點頭。

這樣的設定就跟遊戲中的副本、地下城、秘境這些特殊地圖一樣，就算是進入同一個地方——除了戰場這種需要玩家進行對抗的地圖除外——玩家都不會遇見其他隊伍。

「殺掉怪物所獲得的貢獻點是團隊均分，會直接記入你的系統帳戶，不用擔心會被其他人貪走，可是怪物掉落的材料、道具和其他實體資源是隊伍自行分配，你以後跟人組團要小心，有些團隊喜歡貪汙這些東西，要是你真的遇到了，不要在現場跟他們起爭執，記下他們的名字告訴我，我幫你揍他們……」

「好。」晏笙笑著答應，不過心底是不想麻煩阿奇納的，也沒打算照做。

「雖然這趟是我帶著你打，但是資源還是按照平分模式，收穫我們一人一半。」阿奇納說出分配規則。

「好。」

「前面開始就是戰區了。」阿奇納指著前方的青草地說道。

綠油油的草地看起來相當鮮嫩，宛如初春時剛萌生的嫩芽，一群圓滾滾、毛茸茸、短耳朵的兔形生物在草叢間蹦蹦跳跳。

外形如同大白毛球、柔軟又可愛的短耳兔群，便是他們要對付的第一批怪物——靈邏兔。

靈邏兔的攻擊力不強，但是敏捷度高、防禦力也不錯，正好適合晏笙練手。

「靈邏兔的弱點在頭部，也因為這樣，牠們的頭骨比身體其他部位硬，就只有兩隻眼睛中間的位置是比較薄的，打這種小怪不需要太多能量，你把槍的能量調成一級就可以了。」

阿奇納跟晏笙說明靈邏兔的弱點和能量槍的強度運用後就退到一旁，等待晏笙出手。

這趟打黑塔的主要目的是為了讓晏笙熟悉黑塔中的戰鬥，就算他能輕易解決靈邏兔，也還是要當個旁觀的守護者，只在必要時出手，就像教頭訓練他們的時候一樣。

晏笙拿出比手槍再大一些的能量槍，屏息凝神地舉槍瞄準。

之前他和阿奇納進行對練時，為了避免誤傷，也為了減少能量槍的能量浪費，兩人是在虛擬訓練室訓練的。

因為使用的是射擊課程附贈的免費訓練室，擬真程度較低，只有百分之八十，這百分之二十的差異，足以影響很多情況。

不過不管之前的練習成果如何，現在總是要實踐的。

「碰！」

發著金色微光的能量子彈疾射而出，貫穿了靈邏兔的腦袋。

「碰、碰、碰、碰、碰……」

晏笙以一槍一隻甚至是一槍雙殺、一槍三殺的戰果清空了眼前的靈邏兔。

先前跳躍奔跑在草原上的白色身影都消失了，但晏笙並沒有因此放鬆，而是謹慎地觀察四周動靜，避免有漏網之兔突然竄出傷人。

確定安全無虞後，晏笙帶著初戰告捷的欣喜回頭，期盼能從阿奇納那裡獲得誇獎和指點。

「怎麼樣？我推薦的這把能量槍不錯吧！」阿奇納的關注點卻是在能量槍上面，「我在天網查過，這把『雷霆霹靂』是性價比最高的能量槍，輕巧、後座力不強、堅固耐用不容易壞，在遇到打不過的敵人的時候，還能把能量控制開到最大，當成能量炸彈使用……」

阿奇納滔滔不絕地將天網上的顧客評價說出，吹噓得好像那是他製作的能量武器一般，完全沒注意到晏笙的笑容僵硬了些，也沒看見他的直播間裡一片噓聲。

——哈哈哈哈笑死我了！小晏笙明明是要聽阿奇納對他的評價，結果阿奇納狂誇武器哈哈哈哈……

——我要是小晏笙，肯定直接一槍打爆他的頭！（笑哭）

——阿奇納這個小教頭不行啊……（搖頭）

——這是我見過最沒眼色的教頭哈哈哈……

——這是我見過最努力的廣告行銷，廠商應該給阿奇納紅包哈哈哈……

——阿奇納還小嘛！自己都還是未成年崽子呢！別太嚴苛啦！（大笑）

——尬撩不可怕，可怕的是不撩啊～～

看著阿奇納在稱讚武器之餘，還像小孩一樣露出「快誇獎我啊！」的表情，晏笙最終還是忍不住笑了出來。

即使阿奇納身材再高大、武力值再強，他也只是一個剛離開家人的未成年人啊……

「謝謝你為我這麼費心，你真好。」晏笙的眉眼之間流淌著暖意，笑容和煦。

「也、也沒什麼啦！」被這麼直白地誇獎，阿奇納反倒有些不好意思，「把靈邏兔收起來吧！這兔子的皮毛可以賣，兔肉沒什麼用處，不好賣。」

晏笙依言行動，將靈邏兔收入空間裡頭。

「靈邏兔的棲息地有幾種低階藥草，藥劑材料在市場上很受歡迎，不用擔心賣不出去，打完靈邏兔的時候可以順便找找……」

「好。」晏笙環顧一圈，眼尖地發現一簇紫紅色植物，連忙上前連根挖出。

「嘿！你的運氣真好，竟然能找到最稀少、最難找的『牙雀草』！」語氣一頓，阿奇納又後知後覺地問：「你怎麼知道這是藥草？」

「我有鑑定之眼啊，你忘啦？」晏笙笑吟吟地將牙雀草收入空間。

「對喔！我都忘了你是時空商人！」阿奇納恍然大悟地拍了下額頭，「以後我要是拿到要鑑定的東西，就交給你鑑定！那些鑑定師太坑人了，收費都很高，明明只是看幾眼而已，竟然要拿兩、三成……」

「好啊！我免費幫你鑑定。」晏笙笑著回道。

「不行！你只要算我便宜一點就行了，不能不收錢！鑑定也是很辛苦的！」

上一句阿奇納還在說「鑑定只是看幾眼」，現在卻因為晏笙要免費而自打臉，逗得晏笙笑個不停。

「你別老是笑啊！我不缺貢獻點，你不用替我省這些……還有啊，別人要是叫你免費幫他們鑑定，你也要拒絕！知道嗎？」阿奇納擔心晏笙吃虧，叨叨絮絮地叮囑，生怕他被騙了。

「我又找到藥草了。」晏笙直接扯開話題，「這裡有好多『日光草』，快來摘……」

「日光草？這也是值錢的藥草，不過數量很少……」阿奇納連忙走上前查看，當他見到日光草叢時，發出興奮的驚呼。

「怎麼會有這麼多？我之前找好久，搜刮了兩層樓也才找到七根日光草，這裡少說有兩百多根！你怎麼這麼好運，隨便找都一大堆……」

「因為我運氣好啊！」晏笙笑盈盈地回道。

「哼！燦星級氣運了不起啊！」阿奇納彆扭地撇嘴。

晏笙聽阿奇納說過，他的運氣很差、遇見很多倒楣事，晏笙沒見過他倒楣時的模樣，畢竟他們兩個相處時，日子過得很平順，阿奇納也沒出現平地摔、沒撞牆、沒被天外飛來的東西砸中……

不過小孩鬧彆扭了，總是要給這孩子順毛的。

「我的體質這麼弱，要是運氣不好，很可能一下子就死了呢！」晏笙故作委屈地說道：「你就不一樣啦！你那麼厲害，遇到危險都可以應付，運氣好不好都沒關係，要是可以換，我真想把氣運跟體質交換……」

「你別難過，我們是朋友，我會保護你！」阿奇納一掃彆扭，拍著胸口保證道。

「嗯，那我也把我的運氣分給你！」晏笙笑著摸摸阿奇納的頭，「希望你能擁有好運氣。」

當晏笙將話說出後，阿奇納就收到系統提醒，說他獲得了祝福，得到時限一個月的幸運光環！

宇宙理論中，氣運這種看不見摸不著的東西，就像能量一樣，是可以轉移一部分送人，但是要做到這一點，賜予氣運的一方必須是真心實意的，這樣氣運才會移轉到被賜福的人身上。

晏笙雖然是開玩笑的姿態，心意卻是真誠真摯的，所以阿奇納獲得了他的好運祝福。

「你、你……」阿奇納又驚喜又感動，恨不得抱著晏笙在地上翻滾一百圈！

直播間同樣一片譁然。

——我竟然在有生之年見到氣運祝福！〔羨慕〕〔羨慕〕

——啊啊啊忌妒使我面目全非！好羨慕阿奇納啊啊啊啊！

——我以為氣運祝福是童話故事，是假的，結果是真的！

——我也想要氣運祝福！

——你們沒發現嗎？阿奇納跟著晏笙一起行動的這三個月，他都過得很平順，沒有像以前那樣經常受傷或是遺失東西！

——厄運小王子終於要失去他的「厄運之王」的稱號了嗎？

——哈哈哈哈這是什麼鬼稱號啊！

——鑑定完成！晏笙的氣運是正向氣運！恭喜阿奇納運氣逆轉！

屬性表上的氣運是針對個人作為評價，可是如果放大到個人以外的環境來說，好氣運又分為兩種，一種是正向氣運，一種是貪婪氣運。

正向氣運是指：自己的運氣極好，而且還會影響周圍的人，讓他們的氣運也跟著上升，讓身邊的人也連帶遇上好事。

貪婪氣運是指：自己的氣運極好，但是這份好運卻是吸取身邊的人的氣運得來的，也因為氣運被吸取，周圍的這些人都會倒楣遭殃破財，所以被稱為貪婪氣運。

——啊啊啊！我想去綁架晏笙！這樣我也會有好運氣了！（激動）

——綁架是違法的，把他拐回我們部落吧！木岩部落歡迎你！（撒花）

——氣運祝福又不是隨便一個人都可以做，最基本的一點就是，轉移氣運的人要「真心誠意」！（劃重點）

塔圖大長老：呵呵，晏笙小崽子是好崽子。

——咦咦咦？塔圖的大長老出現了！

——立刻拍照合影！

——是說，大長老的那句話……該不會是在表示，小晏笙是塔圖部落的人吧？

——嗚呼！塔圖的大長老出面護人了！剛才說要綁架誘拐的人還活著嗎？

——偽大長老表示：跟我們戰鬥種族搶人？哼哼！滅了你喔！

奧莉亞公主：小晏笙可是我弟弟的人，誰敢拐？（亮爪子）

——哇哇哇！公主也出現啦！

——奧莉亞公主可是能夠徒手撕戰艦的強者啊！誰敢從公主爪下搶人？

——想搶阿奇納小王子的幸運星？小心阿奇納咬你喔！（大笑）

阿奇納無視了直播間的鬧哄哄，心思還沉浸在自己獲得幸運光環的驚喜裡。

「晏笙！」

「什麼事？」晏笙挖著日光草的動作沒有停下，只是微偏過頭詢問。

「我剛才得到幸運光環了，你轉氣運給我了！」阿奇納握緊拳頭，興奮地漲紅了臉。

「咦？真的可以轉啊？」晏笙雙眼一亮，連忙查看自己的屬性。

過了一會，他才沮喪地垮下雙肩。

「我問了系統，他說氣運跟體質不能交換。」

「……本來就不能啊，氣運跟體質怎麼可能交換？這兩個東西又不一樣。」

阿奇納突然覺得，自家小夥伴有點傻。

「可是你剛才說我轉了氣運給你。」

「對啊，你轉了氣運給我，我會有一個月的好運！」阿奇納喜孜孜地說道。

「我可以把氣運轉給你，那為什麼不能把氣運轉一些給體質？」晏笙歪著腦袋，露出不解的神情。

他誤以為，屬性就像遊戲中的屬性欄位，可以隨便配點。

阿奇納這才理解他的意思，頓時有些哭笑不得。

「體質是體質，氣運是氣運！不一樣的！而且所有屬性中，也就只有氣運可以轉移給其他人，其他屬性都不能！」

頓了頓，阿奇納又道：「還有啊，你把自己的氣運轉給別人，你本身的氣運就會減少，以後還是不要這麼做了。」

「原來是這樣……」晏笙又看了屬性表一眼，納悶道：「可是我的氣運等級並沒有降低啊……」

「啊咧？沒有降低嗎？」阿奇納撓撓頭，求救似地看了一眼直播間彈幕，「可能是因為你的氣運太多，所以就算分出一些給我，你也不受影響。」

嗯，他們家大長老是這麼說的。

晏笙點點頭，很快就將這個話題拋到一邊，「我們繼續採藥草吧！」

「欸？」

「不是要打黑塔嗎？再拖拖拉拉的，就打不完了。」

「喔喔、好。」阿奇納連忙蹲下挖藥草。

沉默了幾秒鐘，阿奇納又忍不住繼續先前的勸戒。

「我跟你說，那個氣運啊……」

「我去學藥劑，開藥鋪，你覺得怎麼樣？」晏笙笑著轉移話題。

「藥劑？」阿奇納立刻被拐了心思，「很好啊！藥劑比維修重要，而且還比維修難學……」

阿奇納是戰士，本身具有維修和鍛造的天賦，但卻對藥劑一竅不通，在他看來，那些藥劑材料和藥劑配方簡直就像是神秘的宇宙天書！

「藥劑雖然很好賺，可是要學的東西很多，要看好多好多書！」一想到書籍和學習，不喜歡看書的阿奇納不免皺了皺鼻子，「你確定你要學藥劑？」

「你不是說，維修師很容易被人碰瓷敲詐嗎？我剛才問了系統，它說藥劑販賣之前都要經過天網的機器檢測，得到藥劑評價才能販賣的，有天網的監督，應該就不會有人拿藥劑敲詐，會比較安全……」

考慮到晏笙的安全問題，阿奇納立刻被說服了。

「那你就去學藥劑吧！這些藥草都不賣了，全給你學藥劑！」

藥劑在次元星域相當重要，堪稱第二條命，而天賦職業是藥劑師的天選者，大多很富有。

晏笙有藥劑師的記憶饋贈，想採一些藥草回去試作藥劑，要是能成功，那就多了一條賺貢獻點的管道。

貢獻點在次元星域很重要，就像地球對於金錢的評價：「錢不是萬能，但是沒有它，卻萬萬不能。」

次元星域的謎團很多、新奇的事物也很多，晏笙對謎團有些好奇，很想知道天選者最終歸宿是什麼，這也是那些饋贈記憶中的前輩們所困惑的。

前輩們在多方收集情報後，察覺到一個時間點，那就是有些名聲響亮、實力傑出的天選者，在「誕生」後二十年到三十年間，突然在次元星域消失了。

一開始有人猜測他們是被殺害，或者是被抓去當實驗品，還引發了不小的恐慌，後來百嵐城的監察者出面證明，說那些人是被接到其他地方生活了。

這樣的答覆，有人相信、有人不信。

不過百嵐城監察員也說了，要不要離開次元星域，一切遵從個人意願，他們並不勉強。

饋贈記憶中，活了九百多歲的藥劑師老前輩就是拒絕離開的人，他在次元星域結婚生子，過得很好，只是在年老時，他也曾經想過，如果他當時同意離開會怎麼樣？那些人去的世界又是哪裡？會比次元星域好嗎？或是更差呢？

為了彌補饋贈記憶中那些前輩的遺憾，晏笙想要拚一拚，代替前輩們去那個未知的地方看一看。

為此，他需要很多貢獻點。

資質不好？戰鬥力弱？沒名氣？

沒關係！貢獻點可以補足一切！

買技能課程學習、買特殊技能書、買武器、買藥劑、買店鋪、買任何需要的資源！

在下定決心的同時，晏笙的內心泛出了期待和興奮。

在未來、在次元星域，他將會遇到很多從未體驗過的事情，可以進行自己未能進行的冒險，得到從未經歷過的成果……

還能過上他曾經嚮往過的生活！

前世的他，因為是早產兒，體質較一般人弱，氣候轉換或是稍不注意就會生病，很多刺激性、冒險性的活動都被家人限制，而現在，他有了重新來過的機會，雖然體質經常被阿奇納嫌棄，但是黑鐵級體質在地球上卻足以媲美大力士了！比他那長年生病的身體好上一萬倍！

擁有第二次生命相當難得，而擁有第二次的生命又能生活在一個多采多姿的世界，更是珍貴，晏笙想要好好把握這次的新生，讓自己的新人生過得豐富精采。

晏笙不知道，因為他日後的積極和勤奮，連帶讓他的直播間成績刷刷上升，獲得越來越多的關注和打賞，而擁有更多資源的他又利用這些資源充實自己，形成一個良好的循環迴圈，加上饋贈的記憶讓他知道很多資訊，他成為有史以來晉升速度最快、觀眾緣最好、人氣最高、最多種族喜愛的天選者。

拔完日光草後，阿奇納接手清除其他靈邏兔的工作，讓晏笙繼續尋找藥草。之前讓晏笙出手，是想讓他了解該怎麼殺怪，現在晏笙已經掌握獵殺靈邏兔的技巧，他們就不用在這個區域浪費時間了。

阿奇納手上匯聚出藍色能量，一把巨大的雙刃戰斧出現在他手上。

戰斧看起來相當有厚重感，造型粗獷霸氣，帶著原始部落的風格，但是戰斧上頭鑲嵌的發光能量晶石和部落圖騰紋卻又明白地宣告，它可是高科技的星際產物！

「喝！」阿奇納發出一聲沉喝，巨斧劈下。

強勁的暴風挾帶著無數風刃呈扇形轟出，直接將他面前一公里左右的草叢給掃平了，而那些藏匿在草叢中的靈邏兔全被無形風刃斬成兩截，瞬間沒了性命。

「……好厲害。」晏笙雙眼發亮地拍手稱讚。

如果說，之前他還對體質等級的差距沒有直觀認知的話，看過阿奇納的戰力後，他深刻地明白了兩人的巨大差距。

簡直就是普通人跟超人、自行車跟坦克車、小漁船跟豪華遊輪的差距啊！

「阿奇納，你好強！」晏笙羨慕地說道。

對上晏笙直白的崇拜眼神，阿奇納既得意又害羞，胸膛不自覺地挺起，毛耳朵和尾巴也跟著顯露出來了。

「咦？」晏笙還是第一次見到阿奇納的另一種型態，好奇地湊上前去。

「你的耳朵跟尾巴是真的嗎？你是獸人？會變身嗎？什麼種族啊？」

他繞著阿奇納打轉，想摸摸他的耳朵跟尾巴，又怕這樣不禮貌，只好克制地盯著他直瞧。

阿奇納被瞧得渾身不自在，雙手無措地上下擺動，也不曉得是要遮耳朵還是遮尾巴。

「我、我是塔圖人，我們都有兩種型態，一種是人形、一種是獸形。」

「我可以摸摸你的耳朵或尾巴嗎？」晏笙試探地伸出手。

「不行！」阿奇納嚇得往外一蹦，跳離晏笙老遠。

「……」晏笙尷尬地收回舉在半空中的手，「抱歉，我是不是冒犯到什麼禁忌？我不是有意的，我只是好奇，我跟你道歉，你不要生氣……」

他是個絨毛控，喜歡毛茸茸的動物，但是卻因為體質不好，家人擔心動物身上帶有寄生蟲，不同意他養寵物，他只能看著寵物影片過乾癮，所以現在看到阿奇納的半獸形才會這麼激動。

「我沒生氣。」阿奇納也發現自己太過激動了，連忙搖手回道：「耳朵跟尾巴是、是很特殊的部位，不能亂摸，只有家人跟伴侶才能碰……」

阿奇納沒說的是，晏笙剛才的請求，對塔圖族人來說，就跟性騷擾沒什麼兩樣了。

「原來是這樣啊？抱歉，我不知道……」晏笙再度道歉。

他知道動物不喜歡被人碰觸這些部位，卻不曉得獸人也有同樣的忌諱。

「沒關係。」阿奇納動了動耳朵，自己也是有些無奈。

難得小夥伴對他提出請求，他卻不能滿足他，他覺得有些過意不去，帶著補償的心思，他開口問道：「你想看我的獸形嗎？」

「可以嗎？」晏笙再度提振起精神。

「可以。」

他隨即變換身形，銀白色光團瞬間從他胸口處蔓延開來，包裹住他的身體，等到光團散去，草地上出現一頭白底灰色花紋的大貓。

牠的體型比獅子還要大上一號，身長約莫五公尺，趴著的高度竟比晏笙站著還高！

猛一看，晏笙還以為這是一頭獅子，但是仔細分辨，卻發現牠是一隻放大版的長毛貓。

牠脖頸處的毛髮特別長、也特別濃密，看上去像是裹了一圈毛領巾，猛一看跟獅子竟是有些相似，也因為這樣，晏笙才會眼花看錯。

阿奇納大貓跟地球貓最大的不同點在於，這大貓的爪子是灰藍色的金屬爪！他的胸口處還出現紅色圖騰紋，這圖騰紋像炙熱的岩漿一樣，發散著耀眼的金紅色光芒！

「這圖案跟你斧頭上的一樣。」晏笙指著部落圖騰紋說道。

「這個是塔圖部落的圖騰，戰鬥時或是變成獸形時才會出現。」大貓的嗓音宏亮又帶著些許稚嫩，「我們出生後都會接受祭司賜福，賜福之後，身上都會出現圖騰紋，斧頭是我的伴生武器，當然也會有圖騰紋。」

聽著阿奇納的回答，晏笙的思緒卻飄忽了。

儘管體型龐大，可是阿奇納還是個未成年崽子，聽他說，他要到二十五歲才算成年，他現在才十七歲……

「你在想什麼？」阿奇納看出他的分心，好奇地問。

「想你成年以後會長多大……」晏笙脫口回道。

「欸？」阿奇納晃了晃耳朵，又甩了甩尾巴，「人形的話，大概是再長高三十到五十公分，獸形的話，大概……十二到十五公尺左右。」

「……獸形是十二到十五公尺，還是你現在的體型再加十二到十五公尺？」

「怎麼可能只有十五公尺？當然是再長大啊！」阿奇納咧嘴大笑。

聽到這麼驚人的數值，晏笙愣然地張了張嘴，卻又不知道該怎麼說出他現在的複雜心情。

「怎麼了？」

「那我以後在你面前，不就跟小孩子一樣了嗎？」晏笙頗為鬱悶地嘟囔。

「怎麼會？你還會再長高啊……」

「……」

「難道你不會再長大了？」

晏笙點頭。

「你們這一族都這麼矮？」阿奇納驚訝地問道：「你那麼矮，還那麼瘦、那麼弱，要是以後不長了，那……」

後續的話在晏笙的怒瞪中消失。

「那怎麼樣？」晏笙似笑非笑地問。

「……」莫名地，阿奇納覺得現在的晏笙有些「恐怖」，那笑容就跟阿媽要揍他時的表情非常相似。

「那、那我保護你！」阿奇納憑著超靈敏的直覺，選擇了一個聽起來慫但是對他很有利的答案。

「很好。」晏笙抬起手，想要拍拍他的腦袋，然而大貓身形太過高大，他只能拍到脖頸處的長鬃毛。

出乎預料，那鬃毛相當柔軟順滑，手感相當好。

晏笙忍不住摸了又摸，捨不得離手。

阿奇納大貓看出晏笙的想法，很乖巧地低下頭，想讓晏笙多摸兩下消消氣，然而力道一個沒有控制好，低頭的動作卻將晏笙給撞翻了。

「……」晏笙仰躺在地上，面無表情地看著大貓。

阿奇納大貓故作無辜地轉過頭去，彷彿草地的另一邊有什麼東西吸引著他。

看著大貓心虛的模樣，晏笙剛升起的一點小鬱悶也煙消雲散了。

誰教大貓那麼可愛呢?!

身為絨毛控，當然只能原諒他啦!

不過晏笙還是佯裝不悅，狠狠地擼了一回貓毛，徹底滿足絨毛控的癮。

油光水亮、柔軟舒適的貓毛，讓晏笙摸得很開心，恨不得整個人埋進柔軟濃密的軟毛裡面。

晏笙的力氣雖然沒有收斂，但那點力道對阿奇納來說根本不痛不癢，甚至還覺得挺舒服的。

要不是顧慮著臉面，阿奇納還真想躺平了讓晏笙給他揉肚皮。

第四章
命運金幣

黑塔第一層的怪物難度跟靈邏兔差不多，只要知道弱點就很容易對付。

兩人一邊打一邊找藥草，走走停停，看上去不像在黑塔戰鬥，反而像是在郊遊玩耍，相當輕鬆愜意。

因為晏笙的好運氣，他們找到了許多值錢又搶手的藥材，還遇見了幾個寶箱怪，發了一筆小財。

寶箱怪是一種在次元星域世界各地隨機刷出的怪物，不僅侷限於黑塔中，遇見算是運氣好。

寶箱怪如同其名，它的外形就是箱子的形狀。

寶箱怪沒什麼攻擊力，很容易「打死」，寶箱怪死後，箱子裡會出現各種物資，是相當受天選者歡迎的怪物，天選者們戲稱寶箱怪是「補給箱」。

寶箱怪以顏色作為區分，不同顏色的寶箱怪，供應的物資也不同。

寶箱怪分為：紅色寶箱怪、藍色寶箱怪、金色寶箱怪和黑鑽寶箱怪。

紅色寶箱怪：供應青銅級療傷物品，繃帶、補血丸、療傷藥跟具有特殊效果的食物。

藍色寶箱怪：供應黑鐵級等級的技能書、藥劑跟物資。

金色寶箱怪：供應白銀級、黃金級和鉑金級的物資獎勵。

黑鑽寶箱怪：供應鑽石級和燦星級的高階物資獎勵，以及特殊任務卷軸、特殊秘境地圖。出現機率極為稀罕。

晏笙和阿奇納一層樓打完後，一共遭遇了兩個藍色寶箱怪和一個金色寶箱怪，可說是收穫頗豐。

箱子由晏笙這個幸運星開啟，果然獲得了大量資源。

「《黑鐵級藥草學》、《黑鐵級藥劑製作》、《青銅級藥劑製作》、黃金級高防禦戰甲一套、青銅級繃帶、青銅級補血丸……」

晏笙一邊將寶箱怪的獎勵品取出，一邊使用鑑定觀察獎勵的品質。

「黑鐵級療傷藥劑、白銀級力量藥劑、黃金級恢復藥劑、白銀級速度提升藥劑、黃金級治癒藥劑……」

物品的名稱當然不是這麼直白，但是晏笙只注重鑑定出的等級和功能，所以報出的名稱就變成這麼簡潔明瞭了。

「藥劑的技能書都給你。」阿奇納爽快地說道。

「嗯，戰士的東西跟這幾組藥劑都給你。」晏笙投桃報李地將阿奇納需要的物資給他。

「藥劑平分吧！」阿奇納不想占晏笙便宜。

「不用，我有技能書跟藥草，這些我以後再做就行了。」晏笙毫不思索地擺擺手，阿奇納更喜歡戰鬥，比起他，阿奇納顯然更加需要這些藥劑成品。

「等你學會也不知道要等到什麼時候，難道這段時間你不刷黑塔？」阿奇納反駁。

「我要學習製藥啊，當然沒時間刷黑塔。」晏笙回得乾脆。

「要不我折算貢獻點給你？」阿奇納還是不想讓小夥伴吃虧。

「不用，你這個人怎麼囉囉嗦嗦一點都不乾脆？」晏笙皺著眉頭數落，「不過就是幾組藥劑，你幹嘛那麼糾結？朋友之間互相送一些東西有問題嗎？你不也是送我武器又幫我出學費嗎？那我是不是也要一筆一筆跟你算清楚？」

「算什麼算？朋友之間計較那麼多做什麼？」阿奇納不悅地皺著眉頭。

「那你還跟我計較藥劑？還說要折換成貢獻點給我！你是不是不把我當朋友？覺得我不夠資格跟你做朋友？」晏笙一開始只是想找個藉口說服阿奇納，可是說到最後他也覺得委屈了，眼眶微微泛紅。

見狀，阿奇納慌了。

「你、你別哭啊！我收！我收就是了，你別生氣。」

塔圖部落的崽子也經常鬧脾氣，一言不合就放聲大哭的也不少，可是從沒有人像晏笙這樣，不吵不鬧，就只是淚眼汪汪、安安靜靜地看著你，那委屈的模樣讓阿奇納心底慫得慌。

「誰哭了？我才沒哭！」晏笙彆扭地抹了把臉，目光飄移，「咦？箱子底下壓著一個東西。」

他瞧見箱子底部與草地貼合的位置微微發光，定眼一瞧，草叢間冒出一個晶瑩閃亮、呈半透明質感的物體。

「哪裡？」阿奇納順著晏笙說的位置看去，卻什麼也沒有看到。

「這裡啊……」

晏笙伸手抓住那東西的尖端，將它往上一拉。

他以為可以輕鬆將物品拉出來，卻只是拉高一小截，那物體的大半部還留在土裡頭。

「咦？有點重，拉不出來……」

晏笙將寶箱挪開，空出位置後，這才看清楚這東西的模樣。

它的外觀像是樹枝狀的珊瑚，通體泛著玉質的光彩，顏色是漸層的紅瑪瑙色，中心處的色澤最為深重豔麗，邊緣處的顏色就呈現半透明狀。

「真漂亮……」晏笙稱讚了一聲，順便對這樹枝狀的東西進行鑑定。

「技能樹？食用技能果後可以獲得技能傳承！真的假的？這也太神奇了！」

晏笙難以置信地瞪大雙眼，完全無法相信世界上竟然有這種東西的存在！沉浸在「竟然有這麼神奇的技能樹！」的感想中的晏笙，完全忽略了阿奇納看著他的古怪表情。

在晏笙抓住技能樹之前，阿奇納並沒有看見技能樹的存在，直到晏笙雙手握上樹枝後，技能樹才突然顯現出來。

技能樹的形體半虛半實，顏色也是偏淺淡，就像隔著水面觀看一樣。

要是晏笙此時跟阿奇納交換感想，肯定會發現他們所看到的技能樹是不同的。

「咿咻……」

晏笙使勁時不自覺地發出聲音，用盡吃奶的力氣抓著技能樹往外拔，拚得氣喘吁吁卻還是拉出一半。

隨著技能樹顯現的部位越多，它的形體越發凝實，顏色也越發鮮豔——這是阿奇納眼中的景象。

阿奇納困惑地以意識在直播頻道發問，想知道這到底是什麼情況，為什麼晏笙可以憑空取物？

塔圖大長老告訴他，這不是憑空取物，晏笙應該是擁有「碰觸空間夾縫中的次元物質」的能力，把那棵技能樹從空間夾縫中抓了出來。

時空商人為什麼會被稱為時空商人？

正是因為這類人具有時空之力，能夠從空間夾縫中取物，甚至可以穿越空間障壁任意行走！

次元星域之所以被稱為次元星域，就是因為這個區域有許多空間夾縫和裂縫，夾縫中存在特殊的次元物質，這些物質在夾縫中會以虛體型態存在，當它們脫離夾縫掉落在現實世界後就會轉成實體。

百嵐聯盟並不清楚這些次元物質從何而來，又是如何衍生的，不過他們接觸過更高層級的「墟境」，那裡是一個獨立且獨特的遼闊空間，墟境的環境資源都是以純能量形式的虛體存在，就跟這些次元物質差不多。

所以他們猜想，這些時空夾縫或許是互通的，而這些從夾縫中出現的東西很可能是從墟境那裡流漏出來的。

聽完大長老的解說，阿奇納有些恍惚。

他這個戰鬥力很弱的小夥伴好像很厲害啊！

連那些看不見、摸不著的次元物質也能把它拔出來！

「阿奇納，快來幫忙！」氣力快要用盡的晏笙連忙尋求幫手，他總覺得技能樹傳來拉力，好像要「縮回」土裡。

被晏笙點名，阿奇納這才回過神來，快步上前幫忙。

阿奇納抓住樹枝，一把就將技能樹連根拔出。

技能樹約莫半公尺長，枝幹上光禿禿的，連一片葉子也沒有，晏笙在枝枒處搜尋一番，沒見到技能樹的果實。

「果實呢？難道這棵技能樹的果實還沒長出來？」晏笙納悶地嘀咕。

阿奇納也跟著尋找，後來才在塔圖大長老跟其他觀眾的提醒下，發現技能果的位置。

「在下面，根部。」

為了方便查看，阿奇納乾脆將技能樹翻轉過來，根部朝上，根部的樹幹中心處鑲嵌著一顆拇指大的圓珠，阿奇納小心翼翼地將珠子摳下。

圓珠呈淺綠色，裡頭隱約可以見到液體流淌，看上去像是一顆小水球。

晏笙再度對技能果使用鑑定。

「閃避技能：遭受攻擊時可以迅速閃避，避免或是減少傷害？」晏笙歪著腦袋問：「這是什麼意思？只有遭受攻擊時反應靈敏？還是從原有基礎上讓身體的整體素質增加反應速度？如果是素質增加，是身體的敏捷增加還是連思維反應也增加？」

跑得快不代表全身的身體反應快，身體反應快也不代表思維反應快，兩者就像運動選手跟科學研究員的差異……

「……」阿奇納被問得啞口無言。

他在戰鬥上向來憑著直覺行動，不耐煩想太多，所以面對晏笙種種疑問，他的回應是——直接抓著晏笙的下巴，將果子往他嘴裡一塞。

「吃下去就知道了。」

「唔！」

晏笙驚愕地瞪大雙眼，才想將果子吐出，那顆果子卻瞬間化為液體滑入喉嚨，完全不用吞嚥。

「你、你……」

「你剛才給我那麼多東西，技能果就給你了，朋友之間就不要計較太多，這可是你說的……」阿奇納拿晏笙剛才的話堵他。

「誰跟你計較了？」晏笙瞪他一眼，心底感動但臉上卻佯裝不滿地數落：「我是要跟你說，不要隨便往人的嘴裡塞食物，要是噎到怎麼辦？還有，東西要洗過才能吃！不然會拉肚子的！」

「那果子是從樹裡挖出來的，很乾淨。」

「可是你的手沒洗啊！你看！」晏笙抓著他的手，指著他手上的塵土草屑。

「……」阿奇納看了手掌一眼，隨意地拍掉髒汙，「不過就是一些土，又不是毒。」

「土裡有細菌，吃了會生病。」晏笙板著臉強調。

「你的種族那麼脆弱嗎？」阿奇納頗為訝異地問：「沾到一點點土就會生病、拉肚子？」

「……我以前的身體比較虛弱，很容易生病，吃到不乾淨的食物就會拉肚子。」也因如此，晏笙在吃食方面相當小心，很少吃外食，大多是自己煮。

「真可憐。」阿奇納拍拍晏笙的腦袋，頗為同情。

身為強悍的塔圖一族，他們在吃食方面同樣強悍，什麼都吃！是連星際怪獸、能量石、金屬礦石和戰艦裝甲都能「喀滋喀滋」地啃了的種族！

聽完阿奇納列舉的塔圖族「食譜」後，晏笙突然有點羨慕。

「我以前的國家被稱為吃貨國，我們什麼都吃，天上飛的、地上爬的、水裡游的都在我們的食譜裡頭，但是跟你們一比，我覺得塔圖比我們更像吃貨。」

「我們族裡都是吃貨，強悍的吃貨！」阿奇納嘿嘿地咧嘴笑了，他覺得「吃貨」二字是稱讚，表情相當得意。

「……」晏笙扯了扯嘴角，決定跳過這個話題。

「我吃了技能果以後，腦中出現跟閃避有關的知識，這樣就算是學習到技能了嗎？」

「算是學了一半吧！」阿奇納回道：「技能果可以讓你有技能知識，身體也會出現相對應的反應，不過這些都是屬於外來力量，等到技能果的能量消散，它就會消失了，你要多多練習，將技能融會貫通，它才會真正屬於你……」

頓了頓，阿奇納又道：「天底下沒有不勞而獲的事情，想要得到，就要先付出。你想要變強大，就要鍛鍊身體、學習武技，就算得到技能果也一樣，都還是要練習的。」

「我知道了。」晏笙點頭。

「我們到二樓後，你多練練閃避技能吧！」阿奇納建議道。

「好。」

黑塔的第一層末端有一個自動升降的大型金屬圓盤，站到圓盤上就能上升到第二層，有點像是搭乘升降梯的感覺。

第二層的怪物比第一層的難度高一些，第一層的怪物行動力較慢、防禦力也低，晏笙可以在遠距離開槍射殺，不讓牠們近身，可是第二層的怪物卻能撐著受傷的身軀朝晏笙撲來，好幾次晏笙都險些被牠們抓傷。

在這樣的危機中，晏笙就發現了閃避技能果的好處。

最初幾次怪物撲來的時候，他嚇得腦中一片空白，可是身體卻會自動倒地打滾，避開怪物的利爪。

這就是閃避技能？晏笙有點理解了。

幾次成功地閃避後，他忐忑的情緒順利穩定下來，握槍的手不再發抖，並逐漸適應了這樣的近身戰鬥，慢慢找出應戰的訣竅。

晏笙自覺自己進步飛速，但是看在阿奇納眼中，晏笙的戰鬥就像部落裡的三歲小崽子在打滾玩耍一樣，完全不緊張刺激，反而相當憨態可愛。

阿奇納突然理解了，為什麼他以前跟小夥伴「戰鬥」結束後，阿媽跟阿姐會一邊誇他可愛、一邊笑著將他抱在懷裡搓揉，而不是稱讚他打架厲害。

他現在也好想把晏笙小崽子抱在懷裡搓揉。

他伸出手臂，才想順應心意行動，又突然想到：晏笙體質這麼弱，會不會搓一搓就不小心把他搓死了？

及時警醒的他連忙轉換動作，接住朝他撲來的晏笙，輕輕地將手放在他的背部，非常謹慎、幾乎沒用什麼力氣地摸了摸。

本來是想要跟阿奇納擊掌的晏笙愣了一下，而後燦爛地笑開，也跟著環抱住阿奇納，還拍了拍他的背。

阿奇納不知道晏笙的想法，只覺得被軟軟小小的晏笙抱住的感覺也不錯，也開心地用臉頰蹭了蹭他。

這應該是阿奇納他們部落互相鼓勵的方式吧？晏笙將這樣的鼓勵方式記在心底，並且同樣與他貼著臉回蹭。

兩個人的互動惹來一堆女性尖叫，大喊「崽子好可愛」、「蹭臉好甜蜜」、「好想將兩隻崽子都拐回家」！

要是換成其他成年人抱在一起蹭臉，早就被觀眾砸土塊、大喊傷眼睛了，可是兩個還沒長成的小傢伙這麼做，就只會讓人覺得可愛又溫馨。

阿奇納開朗活潑、晏笙白淨清秀；一個像是小太陽般熱力十足、一個如同月亮般溫和沉靜；一動一靜、一急一緩，正好互補。

升級成為姐姐粉、媽媽粉、長輩粉的觀眾一邊錄影保存、一邊打賞了許多禮物給兩隻小崽子。

阿奇納跟晏笙的直播間都被打賞的「流星雨」和「金幣煙火」特效刷滿，引來不少網友前來圍觀。

高價位的打賞禮物會進行全網公告，整個直播平台的觀眾都能看見，無論是在哪個直播間，而且待在被打賞的直播間的觀眾還會隨機得到小禮物，這也是吸引其他觀眾來到某個直播間、替直播間增加人氣的方式。

流星雨和金幣煙火分列打賞禮物中最高價位的第一名和第二名，自然引來一批觀眾跑到阿奇納和晏笙的直播間，除了想要獲得隨機小禮物之外，還想知道主播是做了什麼事，竟然可以獲得這麼多打賞。

「咦？」

晏笙的眼角餘光有光芒閃爍，他朝阿奇納的斜後方走了幾步，在翻起的土堆裡撥了撥，拿起一樣亮閃閃的金色物品。

「三星……『命運金幣』？進入墟境的鑰匙？」晏笙唸出鑑定說明，困惑又好奇地翻看手裡的東西。

命運金幣呈扁圓形狀，約莫晏笙的半個手掌大，顏色是金黃色，材質像玉石又像金屬，正反面的樣式不同，一面是繁複的花紋，一面鑲嵌著三顆藍色星星，以顏色和外形輪廓來說，說它是金幣倒也是相當貼切。

「命運金幣！」阿奇納驚呼一聲，激動地伸手搶過，「真的是命運金幣！還是三顆星的！」他的呼吸急促起來，臉頰漲得通紅。

不只是阿奇納，觀看直播的觀眾們也全都喧譁起來。

——命運金幣！真的是命運金幣嗎？

——我竟然看到傳說中的命運金幣！還是三星的！

——快快快！誰能聯絡上他們？我用一千萬跟他們買！

——呵呵那可是三星命運金幣，你竟然只想用一千萬買下？坑人也不是這麼坑的！老子願意花三千萬買！

——錄影錄影！我要把這個影像保存下來！留給我的後代子孫看！

——不愧是幸運星，運氣真好，隨便都能撿到命運金幣！

「這東西很珍貴嗎？它有什麼作用？」

東西被搶走，晏笙也不以為意，他看得出來，阿奇納的眼底沒有貪婪，他只是太激動了。

「它可以去墟境！」阿奇納拉高了音量，興奮得連說話都用吼的，「它是墟境的鑰匙，只能用一次，但是可以組隊帶很多人進去！墟境裡面有很多厲害的怪物，也有很多珍貴的資源！」

命運金幣之所以被稱為命運金幣，是因為得到它以後，可以改變命運。

有人進入墟境後，獲得豐富的資源，成為一方強者，甚至是建立了自己的勢力，但也有強者進入墟境後，死在怪物口中……

就如同「命運」二字，無法捉摸，無法掌控。

你永遠不知道，得到命運金幣後，你會迎來璀璨的未來，還是墮入黑暗。

「……你冷靜一點。」晏笙還是第一次見到這麼失常的阿奇納，覺得新奇之餘，也有點擔心他是不是興奮過度了。

「不不不，怎麼能冷靜？怎麼可能冷靜！你知道命運金幣有多稀罕嗎？它非常非常非常少！一星、二星比較常見，可是三星真的很少見！

「它分散在各個宇宙中，而且是隨機出現的！它可能在怪物的肚子裡、在植物的果實裡、在地底深處、在礦石裡面、在任何一個你想像不到的地方！非常難找！而且這個是三星！是三星的命運金幣！不是一星！不是二星！是三星！」

沒等晏笙詢問星級的差別，阿奇納就自顧自地往下說。

「命運金幣一共有九個星級，一星最低、九星最高，星級越高越危險，但是資源也越豐富。不過九星幾乎是傳說級的存在，沒人見到過，八星據說在另一個宇宙位面出現過……

「墟境是一個高等級的特殊世界，有人說它是星界之主創造的，有人說它是天然生成的……」

「星界之主？那是什麼？」晏笙茫然地歪著腦袋。

「很多個星球組成的區域叫做星系，很多個星系組成的區域叫做宇宙，很多個宇宙組成的區域就叫做『星界』，統治星界的最強者就是星界之主。」阿奇納雙眼發亮地說道：「聽說星界之主很厲害，他只要用手指頭一戳，就能把一顆星球戳毀；吹一口氣，就能掀起宇宙風暴；他還能夠創造出星球，能夠創造出生命和小宇宙……」

聽著這些彷彿天方夜譚似的「星界之主的事蹟」，晏笙覺得自己聽到了神話傳說，這些事情完全出乎他的想像。

「墟境裡頭的怪物、植物和礦物都是虛體化，是高濃度能量的生成物。怪物被殺死後，會留下元核跟部分碎片殘塊，這些東西的純淨度高、能量豐沛，跟其他材料的排斥效果小，可以拿來修補伴生武器，還能用它來滋養靈魂、粹煉肉體！要是身體有損傷，像是斷手斷腳、心臟缺了一塊什麼的，也能用它來修補！修補過後的身體會跟健康的一樣，完全不會有任何影響！是相當相當好的好東西！

「進入墟境需要支付一枚命運金幣，不過可以跟人組隊進入墟境……」

「那我們去逛逛吧！」聽阿奇納把那裡形容得像一塊寶地，晏笙也起了興致。

「……」原本還滔滔不絕的阿奇納突然啞了。

「怎麼了？」見阿奇納張著嘴巴卻沒說出一句話，晏笙疑惑地追問。

「那個……墟境是一個比這裡還要高級很多的地方，比次元星域這裡還要高級很多很多很多。」阿奇納斟酌著語氣回話，「次元星域是像我們這樣的，從崽子要變成大人的試煉場。」他指了指自己，又指了指晏笙。

「墟境是大人的試煉場，就算是我阿姐、阿爸他們，要去墟境也要找人組隊，一個人還是會有危險……你，懂我的意思嗎？」他忐忑地看著晏笙。

「懂。」晏笙臉色平靜地點頭，「你的意思是，我們兩個崽子不能去墟境玩。」

「……」阿奇納很想反駁，他認為自己身為塔圖部落新生代中最強大、資質最好的崽子，還是有資格跟團去墟境的——至少，一星的墟境他能說服阿姐帶他一起去，可是這是三星的命運金幣，危險程度比一星更高，他還真是沒資格去。

「為什麼你不是撿到一星？」他委屈巴巴地看著晏笙，「如果你撿到的是一星金幣，我就能叫阿姐他們帶我一起去了。」

「一星的我就能去了嗎？」晏笙面露希冀地追問。

「不行、不行，你太弱了。」阿奇納連連搖頭，試圖打消晏笙的想法，「連我去那裡都是要被保護的，你去了大概馬上就會死掉。」

「……」晏笙不滿地鼓起腮幫子。

「你撒嬌也沒用，我絕對不可能看著你去送死。」阿奇納瞪圓了眼睛，試圖做出嚴肅貌。

晏笙：「……」誰撒嬌啊！我這是在鬱悶！

「等我再強大一點，我再組團帶你，乖啊~~」阿奇納摸摸他的腦袋。

「我會變強的！」晏笙霸氣地宣告。

「對！就是要這樣的氣勢！」阿奇納滿意地點頭，真誠地說道：「雖然機率很渺茫，但是你絕對不能放棄希望！」

晏笙：「……」好氣喔！我想擼貓！

於是他撲到阿奇納身上，氣鼓鼓地揉亂了他的頭髮。

脾氣向來不怎麼好的阿奇納，並沒有將晏笙丟出去，而是乖乖地任由晏笙搓揉，要是讓部落那些小夥伴們看到了，肯定會被嚇掉了小魚乾。

天啊！當年那個脾氣暴躁，動他一根毛就會揍人的阿奇納，現在竟然隨便讓人擼毛！而且完全不生氣！

這究竟是阿奇納的墮落，還是晏笙的擼貓手段高超？

把阿奇納的頭髮揉成鳥窩後，晏笙反倒有些不好意思，轉而以手代梳，為他梳理頭髮。

「那個……我可以跟你買命運金幣送給我阿姐嗎？」阿奇納有些彆扭地說道：「我阿姐一直想去墟境，也有發任務收購命運金幣，不過她都沒買到。」

其實是奧莉亞在直播間傳了私訊給阿奇納，說是願意跟晏笙買命運金幣，大長老、教頭、阿爸以及其他聞訊而來的族人也都是同樣的意思，希望阿奇納能說服晏笙賣給他們。

阿奇納有些不高興，他還想著把金幣留下來，以後帶著晏笙一起去墟境呢！

可是阿爸跟阿媽說，他們兩個崽子護不住命運金幣，要是把金幣留下，其他部落的人肯定會叫他們的崽子過來搶走，與其發生那樣的事情，不如自家部落出錢買下。

有塔圖部落給晏笙當靠山，晏笙才不會被人欺負或是被其他人覬覦。

阿奇納有些鬱悶，卻也知道光靠他一個人是保護不了晏笙的，所以他還是跟晏笙說了，假裝自己要送給阿姐，跟晏笙說要買下這枚命運金幣。

「可以啊！」晏笙不以為意地答應了。

「那、那你想賣多少啊？」阿奇納低垂著眼眸，不敢看向晏笙。

「我不曉得它的價格……」晏笙為難地皺眉，「一般都是賣多少啊？」

「不一定，命運金幣不好找，很多人找到後就自己組團去墟境了，會被拿出來賣的大多是一星金幣，之前的一星命運金幣好像在拍賣場賣出一千多萬星幣。」

「星幣？」

「星幣是『星際通用貨幣』的簡稱，不同的星系使用的貨幣不一樣，後來星系之間的頭領就用一種常見能源礦當作衡量單位，先計算自己星系的資源之後，再將它轉換成虛擬貨幣，計算方法挺複雜的……」

阿奇納撓撓頭，其實他也沒搞懂這些，以前上課時他都在打瞌睡，「反正你只要知道，以後要去別的星系時，要兌換星幣才能買東西就對了！」

當初大長老揮舞著拐杖把上課睡覺的他們打醒時，就是衝著他們吼出這句話，他才記住這個結論，現在自然依樣畫葫蘆地轉述給晏笙。

雖然阿奇納說得含含糊糊，不過晏笙還是聽明白了。

「星幣跟貢獻點怎麼換算？」晏笙問道：「這裡能換到星幣嗎？」

「百嵐城可以兌換星幣，每天的兌換率都不一樣，你等一下，我查查……」

阿奇納讓系統搜尋今天的星幣兌換率。

「查到了，一星幣可以換到一千三百貢獻點。」

「好多！」晏笙難掩訝異地驚呼。

他原本以為兌換率頂多就是一比二、三十，結果竟然是一千三！

阿奇納倒是不覺得這樣的兌換率有什麼奇怪。

「次元星域是我們這些崽子的試煉場，貢獻點嚴格來說並不算是正規貨幣，是專屬於次元星域的貨幣，到其他地方是不能用的，所以兌換率就高了……」

晏笙想了想，覺得阿奇納的意思類似於：次元星域相當於孩子們玩的遊樂場，貢獻點等於遊樂場中的遊戲幣，不是正式的金錢，所以兌換率高也很正常。

欸？等等……

晏笙的思維突然轉歪。

要是將次元星域跟遊樂場劃上等號……次元星域是百嵐聯盟給孩子們建設的遊樂場，那他們這些天選者不就是遊樂場陪玩的員工？

這麼一想，突然覺得百嵐聯盟有點萌啊！

感覺像是承包遊樂場給孩子玩的富豪傻爸爸呢！

意識到自己想了什麼的晏笙，連忙甩了甩腦袋，將思緒拉回。

「那我把命運金幣賣掉……拿到的是星幣還是貢獻點？這裡能使用星幣？」

「只有百嵐城才可以使用星幣，其他主城只能使用貢獻點。」頓了頓，阿奇納又道：「我阿姐應該是給你星幣……要不，等我們見到她，你再問她？」

「你阿姐要到這裡來？」

「她會在百嵐城的服務中心的頂樓等我們。」阿奇納拿出商店名片，在晏笙面前晃了晃，「走吧！我們用名片傳送回去。」

「好。」

第五章
神樹島

服務中心的頂樓是部落區，那裡被一面又一面的光屏占據，一面光屏代表著一個部落，光屏上播放著部落的宣傳片。

不同的部落有不同的「性格」，宣傳片的風格也截然不同，有的優雅內斂、有的精緻華貴、有的自然純樸、有的火熱開朗、有的冷漠自持、有的強悍霸氣……

光屏本身也是一扇門，推門進入後就是一個極具部落風格的空間，該部落的負責人就待在裡頭接待。

這些是明面上能看見的東西。

而藏匿於暗處中，瞞過晏笙和所有天選者的隱密是：所有部落空間都設有隱藏的傳輸通道，可以與各自的部落互通往來。

奧莉亞等人就是走這個通道過來的。

晏笙見到奧莉亞和其他成年塔圖人時，腦中瞬間被「好高」和「大長腿」刷屏了。

阿奇納之前的身高回答並沒有說錯，成年的塔圖人確實很高，而且身材比例相當好，全都是九頭身的大長腿，個個容貌優質、身材健美、風格各異，完全可以組成偶像團體橫掃娛樂圈。

晏笙以前在學校中也算是校草一枚，對自己的容貌從來不自卑，但是站在這群閃亮亮的大長腿美人面前，他突然有點退縮了。

「哎呀！這個崽子就是阿弟的朋友吧？」與阿奇納有著同款異色瞳，髮色也相似的銀髮美人邁開長腿，幾步就來到晏笙面前。

嚶嚶嚶～～他竟然只到美女的腰！

晏笙的視線在銀髮美人的腰部和自己之間再三確認，之後堅定地認為，他的身高是在「腰部以上」！

……就算只是多一公分也是腰部以上！

晏笙用力地挺了挺腰，腳尖也忍不住踮了踮。

「噗哧！」

「哈哈哈哈……」

晏笙的心思實在是太過直白，周圍傳出幾聲噴笑。

「……」晏笙尷尬得滿臉通紅，踮高的腳尖慫慫地放下了。

「咳！」奧莉亞揍了身旁的夥伴一拳，「你好，我是阿奇納的阿姐奧莉亞。」打招呼的同時，奧莉亞很貼心地彎下腰，綁成馬尾的長髮隨之甩到身前。

「妳、妳好。」晏笙手足無措地退了一步。

雖然奧莉亞沒做出什麼奇怪的舉動，衣著也很正常，沒露胸也沒露腰，但是漂亮的臉蛋近距離貼近，還是讓晏笙驚豔得小鹿亂撞，原本就泛著粉色的臉更紅了。

無關情愛，只是一個單純的少年被美女靠近後的正常反應。

「我、我叫做晏笙，職業是時空商人。」

晏笙強自鎮定地自我介紹，這樣的表現看在奧莉亞眼中，就像是小孩子故作成熟地裝成大人模樣，逗趣極了！

「你好可愛呀！」奧莉亞手臂一攬，直接將人抱在懷裡搓揉一通，「好軟、好小，皮膚好滑、好嫩……」

「……」晏笙被這麼一通揉捏，整個人都僵硬了。

仗著「人高力大」，奧莉亞恣意地吃著晏笙的嫩豆腐。

「阿姐、阿姐妳小心一點，他很脆弱的！」阿奇納緊張地抓著奧莉亞的手臂，生怕她一個沒注意就掐斷晏笙的骨頭。

「我又不是你，連這點力道都掌控不好！」

奧莉亞鄙夷地甩阿奇納一記白眼，以為她沒看直播嗎？這個笨阿弟可是捏斷晏笙好幾根骨頭。

早在阿奇納實驗該怎麼戳晏笙額頭而不會傷害到他時，奧莉亞就已經從他們的直播互動中評估出晏笙能接受的力道，現在抱著晏笙的力氣也是精準控制過的，完全不會傷害到他。

「妳不是來買金幣的嗎？妳要出多少買？」阿奇納把晏笙從阿姐懷裡救出，直接切入主題。

「我調查過拍賣價格了，一千多年前曾經有一枚三星命運金幣拿出來拍賣，那時的賣價是一億七千八百萬星幣，不過我沒辦法一次拿出這麼多，我想了兩種方案……」奧莉亞豎起兩根手指，「一個是我分期付款，前期先給你一千萬星幣，之後每年付兩百萬星幣，另外再多給你兩百萬當作利息。另一個方案是，我付給你兩千萬星幣，剩下的用我們從墟境中找到的東西支付。」

「這樣不公平！」晏笙還沒回答，阿奇納就跳出來反駁：「要是你們把好東西都挑走，剩下便宜的爛東西呢？」

「你阿姐我是那種人嗎？我當然是給同等價值的東西啊！」奧莉亞生氣地拍了一下阿奇納的腦袋，直接將他給拍趴下了。

「阿奇納！」晏笙被嚇了一大跳，連忙上前將他攙扶起來。

「你還好嗎？頭暈不暈？痛不痛？會不會有想吐的感覺？」

他一連聲地問著，手也摸上阿奇納被打的部位，檢查那處是不是有腫起來。

被小夥伴這麼關心，阿奇納高興得嘴角上翹，渾身神清氣爽。

「放心！這小子皮厚得很！隨便摔摔打打都沒事！」奧莉亞很滿意晏笙對阿奇納的重視，但嘴上還是拆了自家阿弟的台。

「誰說的！」阿奇納瞪了阿姐一眼，中氣十足地反駁道：「我頭暈、頭痛，我很不舒服，全身都很不舒服！」

「……」晏笙有些無語地看著阿奇納。

孩子，身體不舒服的表現不是這個模樣的。

「喔？那你想要我怎麼補償你？」奧莉亞似笑非笑地問。

「我要跟你們一起去！」阿奇納說道。

「不行！你太弱了。」奧莉亞毫不考慮地回絕。

「那、那我不進去墟境，我待在永望島等你們！」阿奇納也知道第一個要求會被否決，便退而求其次，說出第二個想法。

「永望島？」聽到又一個新名詞，晏笙露出疑惑。

「永望島是通往墟境的島嶼，聽說它飄浮在時空夾縫之中……」阿奇納習慣性地向晏笙解說，「永望島算是休息跟補充物資的中轉站，就跟百嵐城差不多，那裡有貿易區，我想去看看那裡的武器，聽說那裡的武器都是用墟境的材料製作的，聽說那裡的武器跟伴生武器很像，都是可以『養』的，聽說養到高階會產生器靈……」

阿奇納連番說出好幾個「聽說」，表明他也是從大人那裡聽來的，消息的真實性有待考量。

「那我也可以去嗎？」晏笙雙眼發亮地問：「永望島應該是安全的吧？我應該也可以去吧？」

「應該……可以？」阿奇納也不確定，轉頭望向阿姐詢問。

對上兩個小傢伙的期盼目光，奧莉亞揉了一把臉，頗感無奈。

做出這麼可愛的模樣，不就是想讓她心軟嗎？真是太可惡了！

「別用這種表情看我，不然就把你們兩個吃掉！」她齜牙咧嘴地警告。

「阿姐，帶我們去吧！我們會很乖的！」阿奇納拉著她的手說道。

「……」奧莉亞面露遲疑。

阿奇納還好說，畢竟百嵐聯盟在永望島也有駐點，到時候請族人照看他一下就行了，可是晏笙是天選者，還沒有成為百嵐公民，一旦離開這裡，他就是沒有身分的黑戶，別人可以隨意地將他抓去當奴隸，要是在永望島發生什麼事，就算她想救人，也沒辦法以部落的名義出面，而她本身的實力又不足以讓那些人心生忌憚……

考慮過後，奧莉亞決定將一部分的真相告訴晏笙。

「系統應該跟你說過天選者的來歷。」她神情認真地看著他。

「嗯，我知道。」

「因為你們是在肉體死亡後，靈魂被天網選中，重新在次元星域誕生的，在星際上，你們就是沒有身分來歷的黑戶。」奧莉亞說道：「待在次元星域，你們會受到百嵐聯盟的保護，可是一旦離開這裡，到了外面以後，要是你被人發現黑戶的身分，其他人可以任意地『處置』你，你可能會被當成奴隸抓走，或是變成商品販售，或是其他用途……」

「那我要怎麼樣才能擁有正規身分？加入部落嗎？」晏笙追問。

他覺得，他似乎離天選者的真相靠近了一步。

「待在這裡，好好地學習和充實自己，時間到了，你就是正規的百嵐公民。」

奧莉亞摸了摸他的頭，語氣隱晦地暗示。

「需要參加考核嗎？大概要等多久？遴選的標準是什麼？」

奧莉亞提到「學習」，晏笙由此猜想，或許天選者就跟地球的移民差不多，通過考試和資格審查，就能擁有某國國籍？

「我沒辦法透露太多。」奧莉亞先前所說的，都是被允許可以透露的資訊，更加詳盡的情報她無法告訴晏笙。

要是她說了，她會遭受到懲罰，而且晏笙也會就此失去資格，往後只能留在次元星域這裡。

「我只能告訴你，只要你按照我說的，努力學習，在次元星域認真、充實地生活，你就可以成為百嵐公民。」

「等待的時間也不能說嗎？如果要等上二十年、三十年，到那時候我都老了。」晏笙試探地詢問。

「欸？才過二、三十年你就老了？」阿奇納訝異地插嘴，「你們種族的壽命都這麼短嗎？」

「我們的平均壽命是八十歲，最長壽的人好像能活到一百二、三十歲。」晏笙說道。

「好少，我們塔圖人的平均壽命都有一千歲！」阿奇納同情地看著他，體質弱、壽命又短，晏笙的種族還真是可憐。

「真好……」從小體弱多病的晏笙，最羨慕的就是健康又長壽的人。

「不用擔心。」奧莉亞朝晏笙安撫地笑笑，「天選者的身體都是經過改造的，平均壽命是三百歲，不過你要是加入部落，通過部落的考核，獲得部落圖騰，身體就會出現第二次的粹煉，壽命會更長。」

晏笙回想了一下，那些饋贈記憶中的前輩，活了九百多歲的那位就是擁有「溫姆巴部落」的圖騰，才會活得比其他人都長壽。

但是晏笙也注意到，饋贈記憶中的那些前輩雖然都有加入部落，卻不是每個人都擁有部落圖騰，唯有通過部落考核的人才能獲得圖騰印記。

「我跟你說，不同的部落，壽命也不一樣。」阿奇納連忙跟小夥伴分享資訊，「百嵐裡面最長壽的部落是『達加斯芬魯亞薩部落』，他們的平均壽命有一萬多歲！而且部落名字也是百嵐聯盟中最長的！」

蠢阿弟！不把小夥伴拐回自家部落也就算了，還把人往其他部落那裡推！

奧莉亞一巴掌把阿奇納打趴下，恨鐵不成鋼地暗瞪他一眼，回頭對上晏笙時又是親切溫和的模樣。

「我聽阿弟說你的體質並不好，建議你可以找一個體質強大的部落加入。」例如強大的塔圖部落，「這樣你的體質就會再往上增加……」

晏笙相當懂事地順著奧莉亞的話問道：「如果我加入塔圖，我能夠像阿奇納這麼厲害嗎？」

「誒嘿！當然不可能啦！我可是我們部落中最厲害的！」阿奇納雖然很高興小夥伴稱讚他厲害，可是他還是要糾正小夥伴不切實際的想法。

「啪！」奧莉亞再度把阿奇納拍飛，這次晏笙一點都不想關心他。

「部落圖騰不是萬能的。」奧莉亞強調這一點，「部落圖騰可以讓你們擁有『接近』部落人的資質，例如加入塔圖就是讓你的體質提升；加入擅長跟自然溝通的，你也會擁有類似的能力；加入創造相關的部落，你的思維、幻想力、創造力會提升……但是這一切改變都是從你本身的基礎增加的。」

也就是說，晏笙本身底子弱，就算加入塔圖，擁有塔圖的部落圖騰，也只是讓他的體質上升一個層級，跟原生的塔圖人還是有差距的。

「你最好多閱讀部落的相關介紹，了解部落的優缺點，並且思考自己是想要彌補短處，或是從本身原有的優勢去提升……」

奧莉亞雖然很希望晏笙能加入塔圖部落，卻也沒有一味地鼓吹，而是站在公正的立場去建議。

「我知道了，謝謝。」晏笙聽出奧莉亞的真誠，對她的好感蹭蹭地上升。

「不客氣。所以你打算用哪種交易方案？」

話鋒一轉，奧莉亞將話題拉回命運金幣的交易上。

「我選擇方案三。」

「三？」奧莉亞隨即理解晏笙的想法，等著他說出接下來的話。

「命運金幣是我跟阿奇納一起發現的，所以只需要給我一半的星幣。」晏笙說出他的想法。

「你確定？」奧莉亞頗感意外地反問：「一億七千八百萬星幣可不是小數目，你真的要分一半給阿奇納？」

「不用分給我，那是你找到的東西。」阿奇納連忙拒絕。

「按照黑塔的團隊分配模式，黑塔中發現的資源都是均分，這是你說的。」晏笙強調道。

「那是指打怪得到的資源，命運金幣又不是……」阿奇納皺眉。

「是朋友就一人一半。」晏笙抿著嘴，使出殺手鐧，「你不當我是朋友嗎？」

「這跟朋友沒有關係……」

「別囉嗦了！就這麼決定。」晏笙霸氣地拍板定案。

奧莉亞等人笑吟吟地站在旁邊圍觀，對於兩人的互動很是欣賞。

命運金幣是晏笙找到的東西，就算他不分出星幣給阿奇納也無可厚非，因為那本來就不屬於團隊分配的一部分，可是晏笙卻遵循著他們進入黑塔時的承諾，分出一半利益給阿奇納，這可就相當難得了。
在宇宙中歷練久了，他們見過不少因為利益分配而翻臉，互相指責、陷害、謀殺的事情，在龐大的利益之前，很少有人能夠保持本心、遵守約定，晏笙信守承諾的態度讓他們對他的好感提升不少。
無關利益，只是為了這份誠信。
「請妳給我一千萬星幣，餘下的請幫我在永望城買東西。」晏笙說出他的盤算，「介紹星際宇宙常識的書籍、維修和藥劑相關的書籍，常見的藥劑材料、物品或是工具，以及跟時空商人相關的東西，都請幫我買回來……」
「你買這些東西做什麼？」奧莉亞頗感好奇。
晏笙無奈地笑笑，「我沒辦法去那裡，又對那邊的東西感到好奇，就只能託你們買些當地的東西回來，滿足我的好奇心了。」
「那也不用花那麼多星幣去買啊！那些星幣都可以買好多武器了……」阿奇納對晏笙的大手筆感到心疼。
「我在這邊也用不了那麼多星幣，有一千萬就夠我用好久了。」晏笙不在意地笑道：「剩下的星幣放著也只是放著，還不如拿去買些可以增加知識的東西。」
既然晏笙都這麼說了，阿奇納自然也就不再多嘴。

一切談妥後，奧莉亞很爽快地轉帳給晏笙，並帶走了一直嚷著要去永望島替晏笙採買的阿奇納。

而晏笙則是跑到三樓的租賃區，租了一間藥劑師專用的店鋪。

這種專業型店鋪會將店內規劃成兩個區域，一個是專業的煉藥室，一個是販賣藥劑的販售區，就連放置商品的陳列櫃也跟一般商鋪不同，保護性比一般商鋪的陳列櫃還要高級。

當然啦！租賃的價格也比一般店鋪高。

不過現在晏笙不缺錢，當然就是挑好的用。

店鋪搞定後，他讓系統壹貳為他搜尋藥劑相關教學，只要是跟藥劑有關的基礎課程全都報名了，又採購了一套完整的製藥工具和藥劑材料，展開他的藥劑學習之旅。

雖然這些東西課堂上也會準備，不過教學的老師也提過，製藥工具還是自己準備一份比較妥當。

奧莉亞告訴晏笙，他們進入墟境後，頂多只能在裡頭待上一年，之後就會被墟境傳送出來，所以最晚一年後他們一定會回返。

晏笙心想，一年的時間加上饋贈記憶給予的知識，應該足夠他成為專業的藥劑師了，屆時剛好可以給阿奇納一個驚喜！

進入學習狀態的晏笙，按照過往的習慣，給自己擬定了一張學習日程表。

他並沒有給自己太大的負擔，課表定得很寬鬆，藥劑學習課程一天四小時，藥劑實際操作兩小時，鍛鍊身體以及射擊訓練三小時，剩下的時間就是自由活動時間，他會到處走走看看，體驗次元星域的風俗民情。

次元星域雖然是百嵐聯盟和天選者的試煉場，卻也有土生土長的原生智慧種族存在。

百嵐聯盟跟原住民相處融洽，並沒有發生以武力壓迫或是威脅、奴役的情況發生，不過一些小紛爭還是存在的，畢竟每個種族都有好人跟壞人，無法一概而論。

在饋贈記憶中，跟這些原住民產生最多衝突的，竟是天選者。

或許是有了系統輔佐，又或者是擁有第二次的生命，不少天選者都以為自己是主角、是天選之人，認為自己是世界的中心，其他人就是配角跟砲灰。

抱持著這樣的心態行事，自然是衝突不斷，招惹了不少麻煩。

晏笙以前跟阿奇納一起行動時，兩人都是在飯店租房居住，三餐都在飯店解決，換下的髒衣服也有服務員負責清洗，完全不用浪費時間在日常雜務上。

晏笙單獨行動後，原本也是繼續按照這種模式生活，卻在一次偶然間，撞見有人在飯店裡打群架，這才後知後覺地發現，飯店的客人來自四面八方，出入人口混雜，住宿者的生活習慣各異，即使飯店有保鏢維護秩序，小規模的紛爭也不少，並不是他所以為的安靜平和。

藥劑煉製是一門精密的學問，需要一個安靜、不受干擾的環境。

今日他已經完成基礎藥劑課程，並通過老師考核，可以私下煉製藥劑，不需要老師在旁邊看顧，雖然店鋪有煉藥室可以使用，可是他還想在住處也弄一個煉藥室，免得心血來潮想製作藥劑，或是有了靈感時還要跑一趟店鋪。

看著被武器破壞得坑坑洞洞的飯店，以及在飯店保鏢攔阻下還吵吵鬧鬧的兩群人馬，晏笙決定搬出這裡，另找一處安靜的地方居住。

然而，百嵐城並沒有住宅區，只有飯店、旅館和高級會館這種供人休憩的場所，晏笙只能在百嵐城底下的大陸找一處環境優美、生活機能便利的城市定居。

系統壹貳提供了幾座評價高的城市供他選擇，最後晏笙選擇了饋贈記憶中，有不少前輩居住過，對那裡的環境和居民印象很好的「哈萊茵城」。

哈萊茵城有「神樹島」的美名，它的環境奇特，參天的巨大古樹聳立於海面上，扎根於深海的土壤，接連成片的樹根交錯成一片遼闊的「島嶼」，樹根稀鬆的區域就成了蜿蜒的水道，行動靈巧、不占空間的細葉形扁舟是哈萊茵城的主要交通工具。

這裡的建築物全都建造在古樹上，樹屋的顏色繽紛，可以看到漆成不同顏色的住宅，屋前跟窗邊還布置著各種盆栽花卉，猛一看還以為這些樹屋是一朵朵巨大的花。

或寬長或狹窄，或筆直或曲折的水道交錯，細葉舟像一尾尾靈活的魚，在水道中穿梭遊走，遮天的綠蔭夾雜著豔陽光束灑落，像是一盞盞指引的路燈。

古樹有高有矮，樹幹有粗有細，樹齡超過五千歲的古樹，其主幹的直徑超過兩千公尺，樹枝上頭可以架設上百座樹屋，規模極其宏偉。

晏笙剛傳送過來，還站在噴泉廣場處打量時，就有人朝他走來了。

「天選者大人，請問您需要嚮導嗎？」有著兩顆大門牙的男孩恭敬地詢問道。

男孩的年紀約莫十二、三歲，膚色是健康的小麥色，棕髮棕眼，體格結實卻纖細，很明顯還沒有發育開。

他的上身穿著海洋圖案的編織背心，下半身是一件燈籠褲，脖頸掛著小貝殼串成的首飾，衣服洗得發白褪色，儀容卻保持得整潔乾淨，很明顯有特地打理過自己。

從這些小細節可以看出，這名男孩的家境不好，但是家庭教育不錯。

晏笙注意到男孩身上沒有身分碼、也沒有部落圖騰，便知道這個孩子是次元星域的原住民。

百嵐城隸屬於百嵐聯盟，而地面上的各個城市便是次元星域原住民所有，即使百嵐聯盟在這裡經營，但他們總歸是外來戶，在不動用武力的情況下，勢力發展還是比不上當地的原住民。

原住民對於天選者和百嵐聯盟的存在一知半解，他們知道這兩批人馬是天外來客，知道他們是來這裡歷練的，也知道在雲端之上有一個專屬於天外來客的城市，但是更多的情報就不清楚了。

據說次元星域的執掌高層曾經為了「要不要加入百嵐聯盟」而多次開會，但是這項討論目前還沒有結果。

「我叫做陶波拉，您別看我年紀小，我對這裡很熟悉，沒有我不知道的地方！」陶波拉壓抑著急切的心情，挺直了背脊，試圖讓自己看起來更加沉穩。

晏笙雖然沒有回應他，卻也沒有直接走開，這讓男孩看到一絲希望。

「我們這裡導覽一天的價格是一百貢獻點，但是我知道您擔心我年紀小，懂得不多，所以我只收您八十貢獻點，帶您導覽一天只需要八十貢獻點！」陶波拉自動壓低了價格，比那些大人少了二十貢獻點。

八十貢獻點確實不多，但是換算成原住民所使用的幣值，卻是足足有八千銅幣，足夠讓陶波拉一家生活好幾天了。

想到家裡年幼的弟弟妹妹和前段時間傷了腿的爺爺，陶波拉咬咬牙，想再壓低價格，讓這位客人看在價格低廉的分上願意選擇自己。

「要、要是您覺得這個價格高了，那七十……」

「我想在這裡租房居住，租賃時間至少一年，環境要安全而且安靜……」

從饋贈記憶中回過神來的晏笙，儘管不需要嚮導領路，還是決定給這個兔牙小導遊一個機會。

「除了衛浴設施之外，房間至少要有三間以上，空間要足夠寬敞，要適合儲放藥材跟製作藥劑，另外，我需要有家務機器人幫忙清掃……」晏笙說出了他想要的租屋條件。

「有的、有的！我知道哪裡有您想要的樹屋！」陶波拉驚喜地連連點頭，燦爛地咧嘴笑開，兩顆大門牙格外顯眼。

哈萊茵城的居民家家戶戶都備有細葉舟，前來擔任嚮導的陶波拉自然也有。他領著晏笙坐上家裡的細葉舟，自己拿著長柄船槳，站在尾端撐船前行。沿途，他還會為晏笙介紹周圍景物。

「這邊是大商市，外地商人會在這裡賣東西，我們這裡的人也會在這裡擺攤。」陶波拉指著一處古樹較為鬆散、空間較為寬敞的區域說道。

那裡有大大小小的船隻停泊，船上擺放著木盆和籐編籃子，容器裡頭堆滿了琳瑯滿目的貨品。

水果、布匹、食物、零嘴、乾貨、日用品、漁貨、海鮮、海菜、陸上的獵物、手工藝品等等，種類繁多。

比起百嵐城的商場，這裡的商市少了幾分華美精緻，多了幾分生活氣息。

「這邊是美食區，這裡有餐廳、小餐館，還有賣食材的市場……那邊那間五層樓的大樹屋是我們這裡很有名的餐館，廚師是三星級的喔！」

這個區域的樹屋規格都比之前的樹屋大，約莫三到五層樓高，古樹與古樹之間交錯地架著繩梯和天橋供人行走，外觀樣式更是華麗耀眼，牆面和屋頂以貝殼裝飾還鑲嵌著閃閃發亮的彩色水晶，在陽光的映照下，簡直要閃瞎人眼！

「這邊是小市集，這裡的攤位都是本地人擺的，賣的東西都是自家種的水菜、自己捕的魚和貝類，還有自己做的木盆、籃子、椅子、衣服……

「這裡是瑪莎奶奶的樹屋，她家裡有賣果醬，瑪莎奶奶做的果醬跟點心都很好吃喔！好多人都跟瑪莎奶奶買古樹種子回家種呢！不過那些人種出來的樹果都沒瑪莎奶奶家的好吃！

「我爺爺說，那是因為瑪莎奶奶一家對古樹很好，古樹也很喜歡他們，才會結出好吃的樹果給他們……

「前面那裡是布嫘阿姨的服裝店，布嫘阿姨家的樹果是布樹果，會結出柔軟的絲跟布料，布嫘阿姨會染布也會紡紗，她還會織很漂亮的花布，外面的商人都長期跟她訂貨呢！

「那裡是鐵匠伯伯的店，他們家種了很多矮鐵木，都是鐵匠伯伯他們辛苦培養出來的，每一種鐵樹果都不一樣，可以鍛造很多武器……

「左邊那棵古樹是醫生伯伯的家，他很厲害，能夠治療很多病！只是醫生伯伯的樹果是藥樹果，好苦！」陶波拉像是心有餘悸地吐了吐舌。

從陶波拉的敘述中不難發現，這裡的古樹會結出不同種類、不同用途的果實，而且這些古樹的果子是可以按照特定目的進行培養的。

不過古樹並不是所有人都能培養，只有哈萊茵城的人才有這樣的能力，而且古樹一離開哈萊茵城就會失去作用，只會成長為普通的、沒有特殊作用的樹木。

哈萊茵城的人認為他們是古樹的後裔，他們的出生經歷確實也相當傳奇。

每個哈萊茵人誕生時，手上都會捏著一顆伴生的小樹果，父母親會替孩子將樹果種下，樹果會伴隨著孩子的成長逐漸變成樹木，當樹果開花結果時，樹果結出的果實是什麼種類，孩子就會從事那樣的職業。

結出布樹果的成為裁縫或是擅長織布的手藝人，結出鐵樹果的就成為鐵匠或是鍛造師，結出水果的成為點心師或是水果商……

除此之外，古樹本身的樹種和形狀也跟哈萊茵人的未來有關。

「左邊那棵古樹是奧尼亞哥哥的，他的古樹雖然還沒有結果，可是大家都說他以後應該會跟他父母一樣，變成很厲害的建築師或是形塑師，奧尼亞哥哥的伴生古樹是一種很容易塑型的樹種，古樹現在的模樣就是奧尼亞哥哥弄出來的……」

陶波拉指著一棵盤根錯節，樹木高度比其他古樹矮，但是樹幹盤成的形狀卻相當好看，儼然一頭猛獸的奇特古樹說道。

「我們這裡的樹屋啊，有些是用一根根、一塊塊的木料搭建的，有些就是用這種可以塑型的古樹果塑造出來的，我要介紹給客人您的樹屋，就是塑造出來的樹屋。」

陶波拉知道晏笙這種外地人不清楚樹屋跟形塑樹屋的差別，更進一步地解說道。

「形塑樹屋的空間比一般樹屋寬敞而且更加穩固，而且因為樹屋就是樹木本身，隔音效果更好，客人您說想要安靜的屋子，形塑樹屋比較符合您的需求……

「雖然我不是藥劑師，不過我知道很多藥草都是要放在陰涼通風乾燥的地方，形塑樹屋就具有這些特點，就算您的藥草需要日光晾曬，形塑樹屋的陽台和屋頂也能曬藥草……」

不一會兒，細葉舟來到一處較為開闊的區域，這裡人煙稀少，樹蔭也較為稀疏，大片日光灑落，溫度也比之前的區域略高幾度，類似初夏時節的宜人氣候。

從周圍這些樹木的外形看來，這些樹木應該就是陶波拉說的形塑樹屋了。

「這邊都是出租給外地人的形塑樹屋區，這裡是新建成的區域，租客不多，樹屋前面插著木牌子的都是空屋……

「我們這裡的人不怎麼喜歡冷冰冰的機器，不過麥斯金先生不一樣，他很喜歡這些高科技的東西，所以他出租的房屋都有家務機器人、保全系統、巡邏機，還有一些很便利的家電用品……」

介紹完畢，陶波拉小心翼翼地看了晏笙一眼，「您喜歡這片區域嗎？如果不喜歡這裡，麥斯金先生在其他地方也有形塑樹屋，風景都很漂亮，您也可以換其他地方看看？」

「不用了，這裡不錯。」晏笙微笑著點頭。

因為以前體質偏向虛冷畏寒，他挺喜歡這種暖和卻又不至於熱出汗的好天氣，再加上這裡樹木較少，海風順利地吹拂進來，卻又被樹叢過濾掉不少鹹腥味和潮濕氣，撲在臉上的感覺還挺清爽的。

「那我帶您去見麥斯金先生！」陶波拉鬆了口氣地笑開，隨即划著細葉舟進入其中一條較為寬敞的水道。

水道盡頭是一間樣式奇特的房屋，房屋並不是樹屋，而是一座由磚石和金屬砌成的金屬堡壘，建造這座房屋的人似乎不是專業出身，建築物蓋得歪七扭八，這一頭蓋得傾斜了，就在另一頭加間小屋或是鐵架子平衡，用途不明的大小鐵管像枝枒一樣地從屋內各處鑽出，有些筆直地朝上豎立著，有些像藤蔓一樣地順著外壁蜿蜒垂落……

總體而言，如果要讓晏笙給一個貼切的評價的話，晏笙會稱呼它為「危險級的違章建築」。

似乎是看出晏笙對於這棟房屋的不信任，陶波拉有些尷尬地笑笑。

「麥斯金先生很喜歡機械，他的古樹種是形塑古樹，可是麥斯金先生更喜歡機械，他原本想到外面學習機械，可是他的父母不准，所以他就自己學習，自己找材料蓋了一棟機械屋，沒有將樹屋蓋在自己的伴生古樹上……」

麥斯金的行為對於大多數老一輩的哈萊茵人來說，是無法理解的。

哈萊茵人是一個相當傳統的民族，對於哈萊茵人而言，他們的人生就該跟伴生古樹休戚相關，伴生古樹是什麼種類，他們就該配合古樹朝那個方向學習，而不是從事毫不相關的職業。

麥斯金抗爭過，他可以反抗父母，但他卻無法跟整個族群對抗，雙方經過幾次爭鬥後，現下的情況就是麥斯金為自己爭取到的。

他依舊從事古樹相關職業，但是在工作之餘，他可以自由地研究他所熱愛的機械。

為了擁有更多寬裕的時間，麥斯金選擇製作一堆形塑樹屋出租，這樣一來，他可以靠著收取租金維生，還能有大把時間進行研究，一舉兩得。

在老一輩的哈萊茵人眼中，麥斯金是一個「異類」、一個特立獨行的任性傢伙，但在陶波拉這些年輕孩子的眼中，麥斯金是一個脾氣有些古怪、行為舉止很有趣、個性和想法相當獨特的大人。

陶波拉的父母去世時，是麥斯金提供陶波拉的爺爺一份輕鬆的工作，讓他們家裡得以溫飽。

即使爺爺在假日時跑去捕魚賺外快，被大魚弄斷了腿，麥斯金也沒有就此辭退他，而是讓陶波拉和他的弟弟妹妹接續爺爺的工作，繼續賺這份錢。

於情於理，陶波拉對麥斯金都相當感激。

「麥斯金先生！我是陶波拉，我帶客人來租房子！請您開門！」

站在機械堡壘的門口，陶波拉按下左邊門扉上的紅色按鈕，並朝著右邊門扉的通話器大喊。

「唦！」

鐵製的大門發出開鎖的輕響，厚重的門扉往左右兩側滑開，展露出內側的環境。

「您好，牆壁上有房屋的資訊跟定價，請自行參考。」

麥斯金並不在這裡，說話聲音是透過一台圓筒形機器人的口中傳出，應該是預先設置的語音。

牆壁是一面觸碰式大螢幕，上面輪播著幾張地形圖，一張圖片就是一個租屋區域，只要點選想要的區域，再點選某間樹屋的小圖，就能看到該樹屋的內部實景以及空間坪數、樓層、房間數量、家具設備、租賃費用等資訊，相當便捷。

如果不信任影像，想要實地走一趟勘查，也可以讓機器人陪同前往。

晏笙還注意到，這裡的租賃價格分成三種，一種是當地貨幣的價格、一種是天選者所使用的貢獻點的價格，還有一種是不給錢也不給貢獻點，直接供應金屬和機械零件當作租金。

這三者中，當地貨幣的租賃費用最高昂，足足多了兩成，貢獻點和金屬、零件次之。

雖然晏笙不缺這點錢，卻也在看過住處環境後，選擇了較為划算的貢獻點支付。

樹屋共有三層樓外加一個頂層陽台，一樓是待客用的客廳、廚房和衛浴室，二樓是附帶衛浴的主臥房和兩間客房，三樓是書房和工作室、材料儲藏室。

頂樓的陽台有綠蔭遮擋，可以晾曬衣服也可以當作抒壓賞景的場所，從陽台處望去，可以見到蔚藍無邊的海洋和周圍海岸處的動靜。

漁人駕著漁船在稍遠一些的位置撒網捕魚，孩童們在靠近岸邊的位置游泳嬉戲，也有婦人和青少年裝備齊全地潛入水底，割取海菜、貝類等物。

時不時有零星的笑聲透過清風傳來，氣氛輕鬆安逸。

看著這樣的景觀，晏笙不自覺也露出微笑，整個人放鬆不少。

即使有饋贈的記憶當靠山，可是晏笙總歸是一個還沒出社會的大學生，生活圈相對單純，一下子轉換了身分和環境，這裡的環境雖然好，可到底是個陌生的世界，而饋贈記憶中又明白表示這裡有著各種謎團，未來前程到底是好是壞都還捉摸不清，讓晏笙不得不繃緊神經。

他甚至懷疑過，阿奇納的親近是不是演出來的，是不是想從他這裡獲得什麼？

但他也會反問自己，人家要什麼有什麼，貪圖他什麼呢？

要是沒有這個「天選者培養計畫」，他早就死了，又有什麼好讓人貪圖的？

每每想到這裡，他又對阿奇納感到愧疚。

這種反反覆覆的糾結讓他很不好受。

後來遇見了奧莉亞，從她那裡得到了一些情報，將這些消息跟饋贈記憶中的發現進行比較後，晏笙發現，雖然「天選者培養計畫」有些莫名其妙，但總歸來說，它對天選者應該是友善的。

雖然這一切都只是晏笙的猜想，不過不得不說，發現自己跟阿奇納不是處於對立面，還是讓晏笙鬆了一口氣。

或許是雛鳥心態，阿奇納是他來到這個世界後第一個接觸的人，第一個對他好的人，第一個結交到的朋友，他不希望他們的友誼出問題。

第六章
一星藥劑師

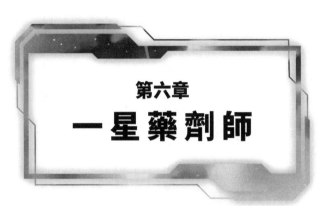

樹屋的家具一應俱全，帶著個人衣物和用品就可以入住。

晏笙行李不多，就只有幾件衣服跟製藥工具而已，藥草材料都放在店鋪裡，等到煉藥室收拾妥當就能夠挪過來。

煉藥室最主要的就是通風要良好，並且要防火、防腐蝕，畢竟這些藥草都是具有特殊能量的，一個弄不好可能會引發爆炸或是腐蝕周遭物品。

為了安全起見，晏笙專門聘僱藥劑師公會的人前來幫他布置煉藥室，還從公會那裡買了好幾套具有防護力的衣袍，相關的檢測儀器、警示儀器也是一應俱全。

除了樹屋這邊之外，店鋪那裡也弄了一間煉藥室，而且店鋪的煉藥室規格更高、品質更好。

樹屋這裡他只打算待一年，而店鋪是打算發展成長期職業的，自然要更加用心，要不是百嵐城有明文規定，店鋪不能拿來當住房使用，他真想直接住在店裡頭。

晏笙的大手筆讓藥劑師公會對他很有好感，除了利益因素之外，也有對晏笙這番行為的欣賞。

藥劑是一門精密的研究，需要細心和嚴謹的對待，半點都馬虎不得。

而晏笙這般慎重的態度，正好得到藥劑師的認可。

因此，藥劑師公會給了他一張九折卡，日後購買藥劑師公會裡頭的物品時，全部都可以打九折！

九折的折扣聽起來不多，可是要是大量購買或是採買高價藥材，這九折的價值可就大了。

完成基礎藥劑課程並通過考核後，晏笙就將自己關進煉藥室裡頭，開始鑽研這些藥劑。

藥劑的品質分為：不合格、合格、優秀、精品和極品，五個種類。

課堂上的考試只需要製作出合格的藥劑即可過關，而晏笙的目標自然不僅如此，他希望他製作出的每一瓶藥劑都能達到精品甚至是極品等級。

他按照饋贈記憶中的煉製小訣竅，選了最常用的療傷藥劑一遍遍地練習，將藥劑從合格品質一直練習到極品品質，而且是每一次熬製都能達到極品品質，這才放鬆下來歇息。

他將極品藥劑留下來，剩下的藥劑放到商店販售，又緊接著添購已經用完的藥劑材料，再度進入煉藥室，選了另一種藥劑繼續奮鬥。

如此周而復始，直到基礎藥劑全部都能煉製到極品等級了，他這才收手。

他將所有極品基礎藥劑打包，請位於百嵐城的塔圖部落族人轉送給阿奇納。

學會基礎藥劑製作後，還要前往藥劑師公會進行職業考核，通過了考試才能獲得藥劑師認證，開通藥劑師副職業。

不過基礎藥劑只是進入藥劑世界的門檻，後面還有各種藥劑課程需要學習。

晏笙想了想，決定先學習星級課程，之後再去進行認證考核。

所謂的星級課程就是一星到九星藥劑師的知識，一個星級一門課程。

星級再往上還有藥劑大師，不過大師是要靠自己鑽研的，沒有教師能教導。

或許是具有天賦又或許是饋贈記憶的關係，晏笙發現自己學習藥劑的速度比預期得快，這讓他將目標往前推進一大步。

原本只期望在阿奇納回來時，能夠通過基礎藥劑師的職業考核，但是發現自己只用三個多月的時間就學會一百多種基礎藥劑後，他想，或許他能將目標定為二星或三星藥劑師？

不過想要達到這一點，就不能選擇那些多人一同上課的課程教學，最好是找專人指導。

專人指導的收費高昂，以往的晏笙根本不敢去想，不過對現在的他而言，貢獻點並不是問題。

讓系統壹貳為他挑選藥劑教師人選後，晏笙選擇了饋贈記憶中曾經出現過的藥劑師，寫了一封言詞懇切的信件給他，希望能請他擔任自己的私人家教。

饋贈記憶中，這位名為「埃奇沃司」的人是一名藥劑大師，隸屬於「瑪迦桑」部落，他的性格爽朗和善、教學時相當盡心、跟人往來互動也是坦蕩正直，是個很好相處的人。

饋贈記憶中，藥劑大師前輩與埃奇沃司是感情相當好的至親好友。

瑪迦桑部落是一個崇尚自然、喜歡種植、與植物為伍的部落，他們屬於半植物半人形的種族，具有跟植物溝通的天賦，也因此，這個部落的人大多從事種植或是藥劑師的工作。

目前的埃奇沃司只是六星藥劑師，還不到饋贈記憶中的大師級水準，所以晏笙很順利地獲得對方同意接受聘僱的回信。

雙方約定好授課時間和學費後，埃奇沃司便列出一串書單給晏笙，讓晏笙先找這些書籍來看。

埃奇沃司並沒有要求晏笙在授課之前將這些書籍看完，他只希望在教學開始時，晏笙能多學習一些知識。

列出的書單中，有一部分晏笙已經看過了，餘下的書籍也從饋贈記憶中獲得了概略印象，只要「重新溫習」一遍就能記住七、八成，學習上並不吃力。

當埃奇沃司開始進行教學時，發現晏笙已經將他列出的書籍都看過了，這讓他相當滿意，覺得晏笙是一個認真勤勉的好苗子，教學時也就更加用心。

晏笙感受到埃奇沃司的善意，也將饋贈記憶中的各種改良配方假作無意地提出，詢問是否可以這麼更動？

埃奇沃司並沒有因為晏笙只是學生而忽視他的想法，他認真思索後，嘗試著按照晏笙的說法製作改良型藥劑，在製作過程中他大受啟發，直呼晏笙是天才！

晏笙不好意思地笑笑，「我也只是提出我的想法，並沒有幫上什麼忙，藥劑能夠改良成功，還是您自己努力的成果……」

「不不不，最重要的是你提供了靈感，不然我也想不到還能這麼改良……」

「不是的……」

「你別客氣……」

兩人互相誇讚對方一會兒後，忍不住笑了出來。

「我們這樣好像在商業互吹。」晏笙調侃道。

「商業互吹？」埃奇沃司聽不明白這用詞。

「這個詞一開始是指商業上的互相吹捧、誇讚，後來衍生成為朋友之間的相互讚美。」晏笙解釋道。

「喔！我懂了！」埃奇沃司笑著點頭，並朝晏笙行了個部落的平輩禮，「朋友你好，我叫做埃奇沃司，來自瑪迦桑部落，很高興認識你。」

「朋友你好。」晏笙也學著他的動作行禮，「我叫做晏笙，是一名天選者，來自地球。」

互相介紹後，兩人默契地相視一笑，默認了彼此的關係從聘僱的師生轉變成朋友，也從今日奠定了友誼。

晏笙開始學習藥劑後，他的直播間頓時少了不少觀眾。

觀眾們看直播，是想要看到精采刺激的戰鬥畫面、搞笑有趣的互動、漂亮的美景，或是其他新奇有趣的事情。

然而，藥劑學是一門枯燥的專業，所以觀眾們從頭到尾就是看到晏笙看書學習、研究材料的切法和前期處理方式、謹慎地按照時間熬煮藥劑，只有在他遇到瓶頸或是覺得累了、煩躁了的時候，才會離開室內，跑去鍛鍊身體、練習閃避技巧以及射擊技術……

這種畫面看個一、兩次還行，看上一、兩個月就不行了。

即使有人因為欣賞晏笙的認真而收藏關注了他的直播間，平日也都是找有趣的直播觀看，不會特地看他的直播。

這種收看人數低迷的情況在埃奇沃司加入後有了轉機。

埃奇沃司的直播間大多是藥劑師、種植師跟瑪迦桑部落的人，而他與晏笙研究出的改良藥劑一現世，立刻吸引了大批人的目光。

藥劑師們研究著他們的改良手法，商人們討論著這批改良藥劑的價值，而普通的使用者則是好奇藥劑的效用……

百嵐聯盟是有專利權存在的，即使製作過程都被直播出去了，在天網的監控下，第一款改良藥劑完成後，埃奇沃司和晏笙就被天網認定是這款改良藥劑的發明者，並自動登記註冊，沒有人可以搶走他們的名譽。

那些想要嘗試這個改良配方的藥劑師和購買改良配方的商人，只能通過天網發出申請，並支付一定數額的專利費用給埃奇沃司和晏笙，才能使用他們改良後的藥劑。

當晏笙收到系統壹貳的專利購買申請信時，面上訝異但內心卻很淡定，他早就在饋贈記憶中得知此事，所以並不覺得有什麼好驚奇的。

但是他還是將專利購買申請信一事告訴了埃奇沃司。

改良藥劑的專利權隸屬兩人所有，交易一事也需要兩人同意才行。

「我也收到了一份。」埃奇沃司向晏笙展示著信箱中上百份的申請信，頗為無奈地苦笑，「你要是信得過我，就由我來篩選吧！」

「好。」晏笙毫不猶豫地同意了。

他這麼乾脆，反倒讓埃奇沃司有些不適應。

「你就不怕我跟那些商人勾結？」

「我相信你。」

「這麼容易信任人，哪天被賣了都不知道！」埃奇沃司感動地揉亂他的頭髮，嘴上卻是略帶譴責的警告。

「我直覺很準的。」晏笙微微一笑，也跟著踮起腳尖，摸上埃奇沃司的頭髮。

他對埃奇沃司的頭髮好奇很久了，他的頭髮是一片片的細長形葉子，柔軟又富有彈性，看上去就像是晶瑩碧綠、微微捲曲的海草，相當特別。

瑪迦桑部落的人最明顯的特徵就是眼睛和植物頭髮，他們的眼瞳是翡翠色的，沒有眼白，而頭髮是一片片的葉子，差別只在於葉片形狀和顏色不同而已。

埃奇沃司的頭髮摸起來沒有想像中綿軟，卻很光滑，像略有些硬的絲綢。

「你們會拿頭髮來做東西嗎？」晏笙不自覺地脫口問道。

他覺得這種柔中帶韌的手感，很像奶奶用來做手工藝品的編織繩，卻又比編織繩更光滑細緻。

「會啊！」埃奇沃司點頭回道：「我們會用掉落的頭髮編織成『護身符』，送給親友。」

埃奇沃司從領口裡抽出一條編織項鍊，展示給晏笙看。

「就像這樣，編織成項鍊、頭飾、手環或是戒指。」

「真的有防護作用嗎？」晏笙頗為好奇。

「沒有，這只是一種祈福、祝福的信念，不是真的具有防護能力。」埃奇沃司笑道：「你的家鄉沒有這種東西嗎？」

「也有。」晏笙點頭，「我們的護身符種類很多，有像這樣用彩繩編織的，也有用玉石、水晶等礦石製作的，還有用黃金、白銀這些……我家人找了不少給我。」

因為身體的關係，家人為他求了不少護身、祈福的物品，足足裝滿了一個箱子。

來到這裡後，他不是不想念家人，可是想念有什麼用呢？

他將過往的回憶珍藏起來，靜靜地讓這份思念沉澱。

他想，總有一天，當他再想起前世的家人時，會是以愉快和思念的心情去懷念，而不是每提起一次，心口就刺痛一次。

還好，他不是獨生子，還有其他兄弟姐妹可以照顧父母和爺爺奶奶，不用為了他們的下半輩子擔憂。

「你現在一星的藥劑都學完了，要不要去參加藥劑師考試？」看出晏笙眼底的懷念與傷感，埃奇沃司很貼心地轉移了話題。

會成為天選者的都是已經死亡的人，他再懷念也回不去了。

晏笙感受到埃奇沃司的好意，隨即收斂了心情，笑道：「嗯，我已經提出申請了，明天就可以去考。」

「基礎藥劑的考核是由一星藥劑師擔任監考官，一星考核由二星藥劑師擔任監考官，後續的考試依此類推……」

為了不讓晏笙太過緊張，埃奇沃司提前對他透露考試情況，不過他這也不算洩密，這些事情只要探聽一下就能知道，不是什麼需要保密的東西。

「藥劑師公會的藥劑師不少，一、二星藥劑師很多，擔任監考官能有額外的薪資補貼，很多人都樂意擔任考官……」

也因如此，晏笙才能夠這麼快就參加考試。

「考試時，天網會全程監控，所以不用擔心會有什麼意外情況發生。」

埃奇沃司所說的意外是指考官惡意打壓、同場合考試的考生搞破壞這類情況。

「考試時的藥草材料和製藥設備是由藥劑師公會提供，考前會給你們幾分鐘的時間進行檢查，如果發現考試的材料或是設備毀壞，要立刻跟監考人員說……

「考試時間很充裕，足夠煉製兩次藥劑，所以要是出錯了也不用擔心，你還有一次機會……」

晏笙一一記下埃奇沃司的提點，並在他的建議下給自己放假半天，好好放鬆身心，以充足的精神迎接隔天的考試。

次日一早，晏笙按照平常的生活規律起床、慢跑、吃早餐，而後傳送到百嵐城。

藥劑師公會的總部設於百嵐城，其他主城也有分會，分會同樣也能夠進行藥劑師考試。

晏笙之所以特地跑到百嵐城，一是想到自己的店鋪巡視，二是因為房東麥斯金請他幫忙採買材料。

麥斯金說，其他城市的商店雖然也有販售，但是店面的材料並不齊全，唯有在百嵐城才能一次買齊所有東西。
晏笙跟麥斯金的交集並不多，每個月繳交房租都是直接讓系統壹貳轉帳支付，根本不用見面。
相識的緣起是麥斯金某一天突然跑來敲開他的大門，一見面就抓著他的手腕查看身分碼，確定他是天選者後，便請他幫忙採購材料。
麥斯金指定的材料商店位於百嵐城，當時麥斯金的研究正在緊要關頭，沒辦法親自前往購買，就只能委託晏笙幫忙。
為了讓晏笙答應，他甚至允諾下個月的房租可以打九折。
當時晏笙正巧也要出門補藥草存貨，便答應了他。
幫了這一次忙以後，麥斯金就很自來熟地將採購零件的事情都託付給他，而作為回報，他也會將一些他覺得不錯的小作品贈送給晏笙。
晏笙跟麥斯金往來過幾回後，便看出麥斯金是個專注在機械研究上的宅男，只想窩在家裡研究他的機械，不喜歡出門，也不喜歡把時間浪費在其他瑣事上。
麥斯金的零件材料消耗的頻率跟晏笙的藥草差不多，補貨時順便幫忙採購回來也不是什麼難事。
再者，託麥斯金的福，晏笙現在跟麥斯金相熟的店家老闆也認識了，以後要是需要材料零件，或是想購買武器，不愁找不到便宜又優質的貨源。

將麥斯金需要的材料明細單交給熟識的店員，並約定取貨時間後，晏笙轉而走向藥劑師公會。

抵達藥劑師公會時，時間還很寬裕，足夠他歇息一會兒再進行考試。

參加基礎藥劑考核的人比晏笙預期得多，足足有二十四人。

有些人正對著光屏嘀嘀咕咕，像是在臨時抱佛腳，有些人坐在一旁閉目養神，有些人左右張望、到處閒晃……

就像是晏笙前世考試時常見到的景象，熟悉的畫面讓他不自覺地勾唇微笑，面露懷念。

監考官很快就出現了。

「進去後隨便找個位置坐下，將身分碼對準桌面上的綠色檢測器，進行身分認證……」

監考官的樣貌看起來很年輕，大約二十多歲，不過外表並不能代表真實年紀，畢竟天選者跟部落人在成年以後，外貌會有很長一段時間都維持在青年模樣，唯有進入衰老期才會出現變化。

「考試的規則很簡單，不准干擾其他人考試、不准作弊！

「這裡有天網監控，你們如果覺得可以在天網的監控中作弊成功，那就隨便你們，不過我要提醒一點，作弊被抓到的人，五年內不得參與藥劑師考試，要是作弊達到兩次，一輩子都不准參加藥劑師考核……

「藥劑考試是先筆試再實際操作，筆試時間是一小時，可以提前交卷，交卷後要到外面等待，不能在這裡逗留……

「有沒有人有問題要問？」監考官環顧眾人，並等待了十幾秒鐘，「沒問題的話，現在就開始考試！」

監考官的話音一落，眾人的桌面隨即出現一面光屏，這便是考卷了。

晏笙很快進行答題，中間完全沒有停頓，時間才過三十幾分鐘，他就寫完考卷並複檢了一次。

確定答案無誤後，他交卷了。

監考官有些意外地看了他一眼，卻也沒有說什麼，只是指了指門口，示意他該離開了。

當晏笙走到外面的通道時，系統壹貳就跟他宣布成績了。

【恭喜您以滿分的成績通過筆試！】

「這麼快就出成績了？」

【是的，交卷後，天網就會馬上進行評分，藥劑師公會的成績布告欄也會馬上刊登出來。】

晏笙來到藥劑師公會的大廳處，果然見到成績布告欄的光屏上有他的成績。

而且因為只有他一個人提前交卷，所以整面光屏上就只有他一個人的成績位於頂端，下方一片空白。

或許是因為考了滿分的關係，他的成績欄位被紅色粗框框起，前方還有一個類似桂冠的圖案，看起來特別顯眼。

晏笙原本就是學霸級的學生，對於這樣的成績並不以為意，讓他較為訝異的是，筆試竟然有人不及格！

要知道，藥劑師公會是有提供「題庫」的，題庫類似於學校的模擬考考卷，只要看過一遍題庫，基本上都能及格！

而且題庫的價格也不高，只要繳交一百點貢獻點就能下載一套《基礎藥劑題庫》。

一百貢獻點只需要做十幾個跑腿任務就能拿到，要是覺得跑腿任務的價值太低，也可以承接藥劑師公會的低階藥草收集任務，一個任務就有一百貢獻點，相當容易就能獲得購買題庫的費用。

已經習慣考前做一堆測驗卷跟題庫的晏笙，實在不能理解，為什麼考試不及格的那些人不願意花這筆錢？

要知道，基礎藥劑師的考試報名費要五百貢獻點呢！比題庫貴多了！

這樣的納悶一閃而逝，很快就被晏笙拋在腦後，現在最重要的還是藥劑製作考試。

用來考試的房間是上課用的教室，寬敞、整潔又明亮，製藥工作台整整齊齊地擺放著，每一張工作台都相距三公尺遠，完全不會干擾到其他人。

監考的考官還是同一人，進門後，他延續之前的風格，語氣平淡又簡潔俐落地說明考試規則。

「選定工作台後，就將身分碼對準工作台的檢測器進行身分認證……

「考核的藥劑是隨機發放的，考試開始時，藥劑的名稱會浮現在你們的工作台……

「材料放在後面，考試開始後自己去挑選，挑選時注意，拿一份藥劑所需要的材料分量就夠了，拿得太多、太少或是拿錯材料都會扣分……

「考試時不要東張西望，專心在自己的藥劑上。要是忘記製藥步驟，就自己低著頭回想，不要偷窺別人，要是發現你們模仿別人製作藥劑，視同作弊，一律取消考試資格！」

雖然考核的藥劑都是隨機抽籤的，卻也發生過有人巧合地抽到同款藥劑，或是製藥步驟前期流程相同的藥劑，為了避免參考作弊的情況，監考官特別將這一點提出來警告。

「不要以為偷窺作弊不會被發現，就算製藥的步驟相同，材料添加的時間也不一樣，之前就曾經有作弊者這樣狡辯，可是你們別忘了，天網時刻監控著，監控的影像一放，是不是作弊一目了然，那個作弊者也因為死不悔改，被藥劑師公會拒之門外，一輩子都不能當上藥劑師……」

說到這裡，監考官微微一頓，淡漠的聲音有了些許溫度。

「藥劑是一門嚴謹、複雜、細膩而且神奇的知識，從你們手中誕生的每一瓶藥劑，都有可能改變一個人的命運，如果你們不對自己製作的藥劑負責，敷衍對待甚至是偷工減料，哪天有人買了你們的藥劑，在生命危急之際使用它，卻因為你們的怠惰輕忽，讓藥劑沒有產生應有的效用時，你們手上就背負了一條人命……

「我不管你們是因為喜歡藥劑而想當藥劑師，或是因為覺得藥劑容易賺錢而選擇藥劑，求名也好、求利也行，我只希望你們能夠對得起良心，對得起那些購買了你的藥劑的人……

「耽誤了一點時間跟你們嘮叨。」監考官收斂了情緒，語氣再度變得淡漠，「現在先檢查你們的工作台，看看有沒有故障或是工具缺漏，有問題就提出，沒問題的話，五分鐘後開始進行考試。」

晏笙仔細地檢查了工作台，確定所有製藥工具都是齊全的、沒有毀損的，之後便按照自己的習慣，將這些工具重新放置了一遍，當他做完這些事情後，考試也開始了。

工作台升起一面光屏，上面寫著晏笙需要製作的藥劑名稱。

晏笙拿著盛裝材料的籃子，走到教室後方的材料櫃，迅速挑選需要的材料而後走回工作台。

這些基礎藥劑晏笙都已經演練過好幾十回，動作行雲流水、俐落流暢，神情淡定從容，就連撒入材料、攪拌藥劑的動作都比別人多了一股說不清、道不明的氣勢。

窩在直播間觀看他考試的藥劑師們紛紛讚許地打賞，監考官也額外多看了他幾眼。

很快地，晏笙的藥劑製作完成了。

他將藥劑盛裝到空瓶子裡，拿到監考官的桌上進行檢測和評分。

「檢測完成，考生：晏笙。藥劑名稱：『基礎舒緩藥劑』。品質：極品。」

檢測儀的報告語音一出，考場內的考生動作都有或大或小的停頓。

「專心考試！」監考官提醒了一聲，讓這些人回過神來。

基礎藥劑的配置手法並不嚴苛，材料、火候、時間步驟都是看著差不多就可以了，所以就算他們耽擱了一、兩秒鐘，對藥劑也沒有多大影響，如果是上了星級的藥劑，這幾秒鐘的時間就可能讓一鍋藥毀了。

提醒過考生後，監考官看了一下光屏上所顯示的資料，才又抬眼看向晏笙。

「你也有報名一星考試對吧？」

「是的。」

「一星考試也是我監考。考生只有你一個，你出去以後直接去隔壁教室進行筆試，等這邊的製藥考試完成，我再過去監考實際操作……」

晏笙一愣，茫然地問道：「您不用監考筆試嗎？」

監考官往桌面敲擊幾下，一面三百六十度無死角的監控畫面就顯現出來了，監控中的影像是一間空教室，教室編號正是監考官要晏笙前去筆試的考場。

「有天網監測，我不擔心你作弊。」監考官微笑著說道。

晏笙點點頭，向監考官道別後走出考場，進入隔壁的房間。

一星的筆試較難一些，所以這次他用了四十分鐘才交卷。

分數同樣是滿分。

之後的藥劑製作同樣也是以極品品質拿到滿分。

站在藥劑師公會大廳，看著手上剛拿到的一星藥劑師徽章，以及剛剛開通的藥劑師副職業，晏笙突然有些恍然。

怎麼覺得……好像太平淡、太順利了點？

按照小說套路，主角來參加考核的時候，就該遇到砲灰鄙視、看輕，然後主角用成績反打臉，再然後就會有白鬍子老爺爺出現，誇讚主角骨骼清奇可以練絕世神功，過不了多久，主角就會升職加薪當上救世主，收忠犬小弟、迎娶白富美，走向人生巔峰！

怎麼他都沒遇到呢？

不按照套路走，小說不會火，知不知道啊！

而後他又被自己的想法逗笑了。

生活中哪來那麼多奇葩？

人之所以會去針對另一個陌生人，大多出於利益考量，僅只有少數真奇葩是因為「看不順眼」、「老子就是想搞你」、「看到你不好，老子爽了」這種唯心原因去針對陌生人。

他們都是來這裡考試的，如果這場考試有名額限制，那當然是先把對手弄倒了，讓自己的贏面大一點，可是考試並沒有名額限制，他們只需要通過考核就行了，那又為什麼要針對別人呢？

即使這個人有可能是你以後的競爭對手，那也是未來的事，在還沒有真的撕破臉面、針鋒相對之前，大多數人都還是會選擇維持表面上的和平的。

那種一出場就盛氣凌人，一副我老大、天老二，懟天懟地懟空氣的人，通常都是砲灰，被人踩著上位的。

第七章
花式打臉

按照原訂計畫，吃過午餐後，晏笙去材料店幫麥斯金拿零件材料，之後就可以回家歇息了。

當他抵達材料店門口時，卻見到有十幾個人在店內跟店員和老闆吵架。

晏笙站在門口聽了一會兒，才從他們的對話中摸索出來龍去脈。

材料店的正式店名是「閃金的武器與材料店」，老闆就叫做「閃金」。

從店名就可以看出，這裡並不只是販賣材料，舉凡武器販售、武器訂製、零件材料交易以及武器維修，都屬於店家的經營內容。

事情的起因是一名弓箭手跑來買武器，弓箭手本來想買他慣常使用的武器樣式，但是店員卻鼓吹他購買新推出的新式機械弓，弓箭手被店員說得動心，點頭買下了，使用後卻覺得不好用，還差點在戰鬥中失手受傷，才剛從黑塔出來就氣呼呼地跑來退貨。

似乎是擔心店家不願意退貨，弓箭手不僅自己來，還將跟他一起打黑塔的隊友們一起找來作證，順便替他「助陣」，壯壯聲勢。

武器有七天鑑賞期，七天之內都可以退貨，所以店員並沒有阻攔，很爽快地辦理退貨手續。

就在這個時候，又一群人進來了，說巧不巧，他們也是來買弓箭的。

見到櫃台上擺著才剛退貨還沒來得及收起的機械弓，新進門的買家好奇地詢問一句，店員還沒開口介紹，先前退完貨還沒離開的弓箭手就噼哩啪啦地數落起機械弓，將它說得一無是處。

店員頓時不滿了。

我都讓你退貨了，也沒刁難你，結果你跟別人毀謗我們的商品？自己不會使用還怪到機械弓身上？

店員一開始還好聲好氣地解釋，也沒說是因為對方不會使用，就只說武器不適合他，結果對方卻不依不饒，非揪著「武器不好用」這一點不放，甚至還認為店員是在坑人。

這句話剛好被老闆聽見，閃金老闆瞬間暴怒了，急沖沖地跑出來罵人。

閃金是次元星域原住民，他開的這間店能贏過天選者和百嵐聯盟的諸多店舖、在眾多競爭者中脫穎而出，憑的就是幾十年累積下來的良好信譽。

店內的新產品都是由老闆跟聘僱的武器測試員進行多次測試，確定武器的品質、性能的優缺點，並獲得測試員一致的合格好評後才會擺出來販售。

弓箭手不負責任的誣衊，很有可能對店裡的名聲造成打擊，這讓老闆怎麼能不生氣？

閃金老闆直接罵了一句：「沒有不好的武器，只有用不好的蠢貨！」

這句話一出，頓時就捅到馬蜂窩了。

弓箭手是才剛加入這個傭兵團的，還處於考察期，這趟去打黑塔也是團長對他的考驗，要是表現好，那他就是正式團員，誰知道他在黑塔中的戰鬥一場糊塗，還差點害整個隊伍團滅，要不是還有機械弓作為藉口，弓箭手早就被掃地出門了。

之前店員懶得跟他辯駁，爽快地讓他退貨，這也讓弓箭手找的藉口更加有說服力，至少傭兵團成員的臉色好轉不少，為了讓自己還能得到第二次考核的機會，他當然是更加賣力地批評武器了，結果老闆竟然罵他不會使用武器！這怎麼能忍？

「你說是我不會用？行！那你用這機械弓跟我打一場，看看到底是誰有問題！」弓箭手恨恨地下戰帖，非要洗刷自己的「冤屈」。

「店裡的武器測試員現在不在……」老闆閃金才開口說一句話就被弓箭手打斷了。

「怎麼？你想找藉口拒絕？」弓箭手以為老闆是怯場了，神色越發得意，「身為老闆，你不是應該要了解店裡的各種武器嗎？為什麼要等測試員回來？你自己不能上嗎？」

弓箭手的話讓晏笙和店員雙雙面露鄙夷，就連店內其他客人也為之側目。

「我們老闆都已經七十幾歲了，你要一個老人跟你打？要不要臉啊！」店員不客氣地諷刺道。

「我又沒說要他跟我打！」發現氣氛對自己不妙，弓箭手連忙改口，「你來跟我打也行啊！」

店員直接翻了一記大白眼，「我沒學過弓箭、也沒有鍛鍊過，就是一個再普通不過的員工，你叫我跟你比？臉呢？」

晏笙看到這裡，覺得自己應該出面了。

弓箭手退回的機械弓他雖然沒有使用過，可是在饋贈記憶中的弓箭手和維修師前輩對這把機械弓很是讚賞，也知道該怎麼操作它。

機械弓是一位名叫「瘋金」的人設計製造的，被命名為「三體機械弓」，三體的意思是它可以變化成遠程、中程和短程三種不同的戰鬥形體。

這把被退回的弓箭是三體機械弓一代，之後瘋金又陸續改良優化，推出了二代、三代、四代……每一代都賣得很好。

瘋金是饋贈記憶中的前輩所欣賞的人，三體機械弓也是難得的好武器，晏笙想幫對方正名。

雖然沒什麼把握能夠贏對方，總比讓年邁的老闆和普通人店員上場來得好。晏笙才往櫃台處走了幾步，閃金老闆的嗓音就慢悠悠地響起了。

「年輕人火氣大、性子急，老夫的話還沒說完哪！」

閃金老闆拿起桌上的機械弓，調適了一下，動作流暢俐落地變換了幾種形式，完全看不出老闆是一名生手。

「這位弓箭手說得沒錯，店裡賣的武器，老夫確實都了解，既然弓箭手先生想要打一場，老夫當然奉陪！」

閃金老闆的氣勢一放，先前和氣生財的商人模樣沒了，取而代之的是氣勢凜冽的戰士風姿。

「老闆威武！」店員忍不住高呼一聲。

「哼！說大話誰不會？」

閃金老闆釋放的氣勢讓弓箭手的臉色微變，覺得自己似乎是踢到鐵板了，不過他又心存僥倖，認為老頭子都年紀一大把了，頭髮花白，現在的氣勢肯定是裝出來的。

「二樓是測試區，請吧！」

閃金老闆朝弓箭手一擺手，邀請他上二樓對打。

「哼！」弓箭手揚著下巴，姿態傲慢地走在前頭。

閃金老闆不以為意，回過頭來對著店內眾人笑道：「還請諸位做個見證，順便幫老夫看看這機械弓行不行。」

「老闆客氣了。」

「好！我就欣賞老闆這樣的性子！」

「走走走！看戲去！」

「今天真是來對了哈哈哈哈……」

晏笙跟其他客人說說笑笑地跟了上去，生怕錯過這場好戲。

店鋪的二樓到五樓都是用來測試武器的測試區，不同的樓層有不同的用途，就連安全防禦設施也有不同的針對性，除此之外，這裡還設有虛擬戰場——躺進特製的戰鬥艙後，參與者用意念進入一個虛擬空間，空間裡可以設計各種環境的戰鬥，而且就算受傷再重、甚至是在裡面死亡，最多也只是精神受損，喝幾瓶藥劑就能恢復，不會出現什麼太大的損傷。

閃金老闆想要好好教訓弓箭手，自然是要拳對拳、肉貼肉，真真實實地打，他可不想去虛擬戰場那種完全傷不了分毫的地方。

「這裡這麼小，怎麼打？」弓箭手皺著眉頭埋怨。

二樓的空間不小，放上三、四個格鬥擂台都綽綽有餘，只是他們現在是要鬥弓箭，以遠程攻擊來說，這裡確實是施展不開。

「放心。」

閃金老闆走到一個凸起的方柱前，對著一個九宮格的數字鍵輸入密碼，地面和牆壁出現水波紋和魔法能量，很快地，空間擴大了十幾倍，足夠讓閃金老闆和弓箭手在這裡廝殺了。

圍觀的一人吹了聲口哨，衝著老闆豎起大拇指，「折疊空間啊！這種設備可不便宜，老闆大手筆啊！」

「哈哈哈，老夫這個人啊，要嘛不做，要做就要做到最好！」閃金老闆霸氣地說道。

「老闆說得好！」

「老夫剛開店的時候啊，全身就只有兩萬多，那還是我工作了好幾年才省下的錢！一開始店裡空蕩蕩的，什麼都沒有，老夫就從替人維修武器開始攢錢，替換的零件材料也是一家家店跑，一件件檢測，這才找出品質最好的幾家供貨，等到我的生意做大了，我就自己找人做材料、設計武器，一點一點地磨、一點一點地學，這才有了今天這樣的……」

「老頭子，你說夠了沒有？」弓箭手不耐煩地打斷閃金的回憶。

「呵呵，人老了就是喜歡回憶過去……」

即使被弓箭手無禮地打斷了話題，閃金老闆也沒有變臉，依舊笑容燦爛，眼睛瞇成了一條縫，遮住了眼底的精光。

兩人各自站定位後，也沒有讓人喊比賽開始的口令，完全自由心證。

弓箭手拿的是能量弓，只要拉動弓弦就會自動凝出能量箭矢，不需要抽箭搭弓這個步驟。

閃金老闆用的是機械弓，這種弓箭可以用實體箭矢，也能使用能量箭矢。

單以箭矢而言，兩人的弓箭勢均力敵。

「老闆，小心了！」

弓箭手沉喝一聲，像是故意炫技一樣，一次就射出三支藍色能量箭矢。

藍芒如同流光一樣疾射而出，然而，中途就被迎面飛來的三支紅色箭矢一對一擊毀，撞擊的能量在半空中爆發，炸出紅光藍芒交織的璀璨光輝，像是放煙火一樣。

「好！」

「漂亮！」

圍觀群眾讚賞的喝采，稱讚的對象自然是能以箭矢對射箭矢的閃金老闆了。炫技不成反被老闆炫了一把，弓箭手咬了咬牙，再度進行射擊。

這次同樣是三支箭矢，只是這次的箭矢是錯開了時間和位置，呈「品」字形射出的，這是弓箭手最自豪的絕技，在困住對手的動作之餘，還能因為時間差讓對手來不及應付。

兩人對射了幾回，一直都是弓箭手率先攻擊，閃金老闆防禦，如果光從表面情況看來，或許會以為閃金老闆的反應不及弓箭手迅速，這才會次次都慢了一拍。

弓箭手自己也是這麼認為的。

只是場外圍觀的群眾卻看得很清楚，閃金老闆是故意讓弓箭手首先出手，自己針對他射出的箭矢攻擊。

「老闆這是把對手的箭當成移動標靶打啊？」

「老闆老當益壯啊！」

「老闆，別浪，小心浪過頭，自己翻船了！」深知閃金老闆個性的員工，大笑著調侃。

「這個弓箭手不行啊，老頭子都站著不動讓他射了，他竟然都沒射中……」

「快看！要出結果了。」

場上，閃金老闆轉守為攻，首次採取主動攻擊。

他快速拉弓射擊，動作化成殘影，箭矢接連成線地破空而出，看上去就像是一條綿延的光線。

弓箭手也想用箭矢破箭矢的招式反擊，可是他的眼力不夠好、速度不夠快，好幾次都是堪堪擊中，甚至還出現攻擊落空、自己狼狽逃竄的情況。

圍觀群眾紛紛為閃金老闆鼓掌叫好，絲毫不給弓箭手面子，尤其是與弓箭手一同前來的團員，吆喝的聲音最是響亮。

臉面是自己掙來的，不是靠別人賞賜的。

弓箭手一開始把過失推給機械弓就引起幾名團員反感，畢竟打黑塔又不僅只是看戰鬥力，戰鬥時的團隊配合、戰後的戰場清掃、其餘時間的互動等等，都可以看出這個人適不適合團隊。

弓箭手在戰鬥時只會躲在後方射擊，也不願意擔任探子探路，發現有好東西就用各種名目討要，甚至連應該要自備的物資都用「忘記了」、「以為有買，沒想到沒有」當作藉口，貪小便宜地跟其他團員索取。

團長已經觀察了他許久，也接獲不少團員的埋怨。

戰鬥時出力少，有苦差事立刻躲，愛貪小便宜又愛計較，對上級喜歡拍馬屁鑽營、對戰友喜歡挑撥離間……

要不是團隊準備擴張卻又缺了遠端攻擊手，團長早就將這個人給踢出去了。

這次的黑塔測試是團長挖坑給弓箭手跳，好讓團隊可以名正言順刷下他的安排。

別看弓箭手在團裡人緣不好，他的心思活絡、交友廣泛，在外人面前的名聲可是很不錯，如果不是這樣，團長也不會招攬他入團。

現在團長可後悔了。

當初他招收弓箭手時，弓箭手的舊團隊曾經讓人傳話給他，要他多加考慮。

弓箭手聽到消息，滿是委屈地跟他訴苦，說前任團長之所以針對他，是因為前團長喜歡的人喜歡弓箭手，他之所以離開前團隊，也是因為前團長忌妒的排擠。

當時的團長信了。

畢竟弓箭手的樣貌確實很不錯，很多人喜歡他。

現在……

呵呵，誰信誰是傻子！

「我不服！」弓箭手落敗後，完全不肯認帳，「剛才我不小心踩到東西，差點摔倒，才會被你贏了，我們重新比一次！」

「踩到東西？」

眾人紛紛望向乾淨光潔、毫無雜物的地面。

「這是能踩到什麼？空氣嗎？」

「不，我想老闆可能養了珍貴的隱形獸。」另一人譏笑道。

「這藉口真是清奇出眾、與眾不同，在下甘拜下風……」

「練箭時也要練臉皮嗎？瞧瞧他臉皮的厚度，嘖嘖！」

「我現在知道為什麼我學不好弓箭了，我的臉皮太薄了。」

對於弓箭手的要求，閃金老闆很爽快地同意了。

「這機械弓有不同的用法，剛才時間太短，老夫只示範了長弓，現在老夫給大家演示手弩……」

閃金老闆往機械弓上頭一按，長弓立刻自動折疊伸縮，變成手弩形狀。

老闆話中的含意大家都明白：剛才打臉打得不過癮，老夫為大家表演花式打臉！

於是乎，眾人就看到閃金老闆一邊為眾人介紹機械弓的變形樣式，一邊「啪啪」地花式打臉，直到表演結束，弓箭手整個人都腫了一圈。

能夠將機械弓的功能介紹得這麼完全，還要多虧了弓箭手不斷刷下限、不斷要求再戰一次的藉口。

原本眾人還對弓箭手不斷被虐打有點同情，可是聽了他那些荒謬的敗戰藉口後，他們就一點也不同情他了。

「這個地板有機關！故意絆倒我！」

「剛才我的腰痛了一下，一定是有人暗算我！」

「你一個老頭子，怎麼可能射出多重箭？你作弊！」

「你的機械弓一定是特製的！」

「死老頭，你肯定安排手下躲在暗處幫你！」

聽聽，弓箭手認為自己會輸，是因為老闆耍了陰謀詭計，要不就是武器占了優勢，全都跟弓箭手本身的實力差勁無關，多麼讓人想翻白眼啊！

之前弓箭手挑年邁的老闆跟他打，就已經很讓人瞧不起了，現在發現老闆寶刀未老，沒能順利贏過老闆，竟然就輸不起，為自己找各種藉口，而且剛才打最後一回時，弓箭手竟然還耍陰招用暗器傷人！

要不是閃金老闆使用的機械弓有防禦護盾，可以在危急時自動啟動護盾防禦，老闆就被他暗算到了！

一些看不慣的人已經悄悄地錄了比賽，打算之後為他好好宣傳一番。

而閃金老闆也因為這些人放出了他和弓箭手的對戰影片，聲名遠颺，連帶讓店內的生意火熱不少。

事後，閃金老闆讓晏笙替他向「瘋金」問好，並轉述老闆對機械弓的讚美。

晏笙這時才知道，原來瘋金就是他的房東麥斯金，瘋金是他的「藝名」。

「也不知道是從什麼時候開始，武器設計師都會給自己取藝名，好像沒有藝名就不算武器設計師似的，有些人會一個藝名使用一輩子，有些人則是三天兩頭地更換。」閃金老闆埋怨道：「光是記他們的藝名就讓我傷透腦筋，還好瘋金一直都用同一個名字……」

頓了頓，閃金老闆又戲謔地說：「我覺得那些不斷換藝名的，肯定是擔心自己設計的武器不好，害怕出門被人打，這才一直換名字！」

晏笙也很認同這樣的猜測。

畢竟武器可不便宜，就算有鑑賞期可以退貨，但是大多數坑人的武器都是過了鑑賞期才出現問題的，要買到坑貨，被坑了錢還好，要是被坑了命，那就真的很慘了！

休息兩天後，就到了晏笙跟埃奇沃司約定的二星課程上課時間。

上課之前，埃奇沃司將他篩選過的專利權買家申請書遞給晏笙，並細細跟他講解了自己為什麼挑選這些買家。

買家分為兩種，一種是藥劑師想要提升自己的製藥，所以購買專利，另一種是製藥廠家或是販售藥劑的公司，他們想要販售改良型藥劑，需要購買專利製造。

晏笙雖然對這些買家並不是全部都了解，但是一部分買家的名聲還是有在饋贈記憶中聽說過的。

以他知道的部分而言，這些買家都是誠信可靠的，所以晏笙很爽快地在文件上簽名了。

像這樣的雙人或是多人共同擁有的專利權，買賣時需要所有專利擁有者簽名同意，埃奇沃司已經事先簽好了，就等晏笙了。

專利權同意販售的文件經由系統發出後，沒過幾分鐘，貢獻點就陸續入帳了，可以看出對方相當有誠意，時刻等待著，也時刻準備著。

當然，有可能是他們在發出申請後就一直盯著直播觀看，這才能即時回應。

「現在我們開始上課吧！」埃奇沃司淺笑著說道：「第一堂課就來學習二星藥劑中，用途最廣、最多人使用的『石膚藥劑』，它可以強化身體表層的防禦力，讓皮膚變成跟石頭一樣堅硬，不容易受傷……

「我們採集藥草時，有些藥草的葉子是鋸齒狀、會割人，有些帶有毒素，通常我們都會戴上防護手套、穿上防禦服甚至戴上面具頭盔，可是總會有遺漏的時候，要是事先喝一瓶石膚藥劑，就算不能完全抵禦，也能有效趨緩毒素入侵，為我們爭取治療時間……

「石膚藥劑是二星藥劑中用來奠定基礎的藥劑，許多藥劑師的第一堂課都是從石膚藥劑開始學習，能夠弄懂石膚藥劑的藥材配置，能夠理解石膚藥劑的藥材為什麼要這麼添加、為什麼要這麼處理，那麼二星等級的藥劑也就學會一半了。」

跟以往一樣，埃奇沃司先講解了藥劑的功效和用途，而後列出這個藥劑需要的材料、分量和材料的處理方式，之後又提點了一些製作時需要注意的地方，像是某種藥材的添加時間不能太慢，不然藥效不能完全釋出；藥劑會用到的粉色珍珠需要研磨細緻，不然會影響藥劑品質；某種看起來像樹枝的藥材需要順著紋路以螺旋狀的方式剝下外皮，逆紋路會很難剝除；某藥材在切割前要先輕輕敲打，把藥材的內裡敲鬆了，藥效更好釋放……

這些細節都是藥劑師自己琢磨出來的小技巧，一般是不會教的，可是埃奇沃司還是傳授給晏笙了。

晏笙從傳承記憶中得知這一點，對埃奇沃司相當感激。

說得直白一些，這些小訣竅只與藥劑品質有關，並不影響藥劑製作，而晏笙付錢上課只是想要學會製作藥劑，人家已經教會你啦！

至於製作出的只是合格藥劑而不是更好的品質等級，那又與老師何關？提升製作的藥劑品質是你自己應該鑽研的事。

這些小訣竅看起來好像沒什麼，卻很可能是藥劑師鑽研許久、實驗許久，浪費了許多材料和時間才領會到的心血結晶，是可以留給弟子或是家人的珍貴傳承，即使埃奇沃司沒有教給晏笙，他也覺得是理所當然的。

他們雖然是朋友，可是朋友也分好幾種，普通朋友、狐群狗黨、擁有共同興趣的同好、相交莫逆的知己、可以共患難的、錦上添花的……

晏笙以為，他們之間的應該是處於同好的階段，因為有著藥劑這個共同喜好才熟識的。

即使晏笙的饋贈記憶對埃奇沃司熟悉，那也是別人的記憶，是另一個世界的友誼，也許他們以後會像記憶中那麼要好，但那也是以後的事，不是現在。

可是埃奇沃司卻毫無保留地將訣竅教給了他，這份「意外之喜」讓晏笙相當感動。

晏笙向來是你對我好一分、我回你兩分的性格，原本就把埃奇沃司當朋友的他，努力地搜尋饋贈記憶中的二星藥劑，希望再找出一、兩個改良版藥劑跟埃奇沃司分享。

不過在那之前，他要先將石膚藥劑完成才行。

嚴格地按照埃奇沃司的教學步驟，晏笙逐一處理藥草，沒有一個地方疏漏。

對於他的學習能力，埃奇沃司相當滿意，甚至可以說是驚豔。

就算是他，也沒辦法在聽完一次教學、看過一次實際操作後就將流程完整記住，可是晏笙卻可以。

埃奇沃司有些羨慕，卻沒有絲毫忌妒。

在次元星域重生後，晏笙的記憶力變得很好，他以前的記性也不錯，看書看個五、六遍就能夠默背下來，可是現在卻是一次就能記住。

埃奇沃司先前的演示在他的腦海中播放，他甚至可以一心二用，學習著埃奇沃司的動作之餘，還能發現其中的小瑕疵並加以改良。

埃奇沃司也發現了這一點，不過他以為是晏笙製作上有錯誤，便想著等他製作完成再來糾正，然而，當晏笙將藥劑送進檢測機檢驗品質時，檢驗的成果卻讓他相當驚喜。

「檢測完成，藥劑名稱：『石膚藥劑』。品質：極品。」

先前埃奇沃司示範的藥劑，品質僅只是精品而已。

「為什麼？為什麼這樣就能變成極品？」

埃奇沃司這兩個問句並不是在向晏笙提問，而是在自言自語。

晏笙也沒有回答，他認為埃奇沃司能自己想通其中關鍵。

「發熱草在釋放熱能後會釋出草酸，草酸會影響藥劑黏稠度，所以要把石晶灰同時放入，把草酸中和，可是石晶灰也會影響熱能的釋放，如果石晶灰晚三秒放入，可以讓發熱草的釋放更加完全，而且三秒的間隔還不足以讓發熱草釋出草酸……」

埃奇沃司嘀嘀咕咕，又驚又喜地將晏笙推開，自己站在工作台前，重新備妥材料，親自按照晏笙的步驟重新製作一次，那模樣就像瘋魔了一般。

晏笙逕自拉了一張椅子坐在旁邊等待。

他知道埃奇沃司這樣的「研究學者」一旦沉迷於研究中，周圍的聲音便會被完全隔離，一心只有眼前的藥劑研究。

要是埃奇沃司能夠理解石膚藥劑的藥材更動細節，藥材之間的影響，為什麼晏笙的步驟會有這些小更動……只要他能理解這一切，埃奇沃司在藥劑這條路上就會更進一步。

不只是埃奇沃司陷入瘋魔狀態，觀看直播的藥劑師也一樣。

晏笙所更動的那些訣竅，在這個時候還沒被發現，又或者有人發現了卻沒有宣揚開來，所以看到直播的藥劑師們都熱烈討論起來。

——竟然是這樣！我竟然沒想到！哈哈哈哈我懂了！

——樓上的藥師前輩，可以分享一下心得嗎？我還沒弄懂……

——不過就是一些小地方的不同，差別有這麼大嗎？

——藥劑檢測不是顯示結果了嗎？一個是精品、一個是極品，你說差異大不大？

——就算是極品，那也只是二星的石膚藥劑，又不是四星的石化藥劑、七星的鱗甲藥劑……

——如同埃奇沃司在上課前所說，石膚藥劑是二星藥劑的奠基石，而二星藥劑又是後續星級藥劑的奠基石，能夠立穩它，往後的藥劑學習就沒問題了。

——啊？二星是基礎？不是一星才是嗎？

——一星是「基礎」，二星是「奠基石」，三星是「進階變異」……

——一星是入門，讓你了解藥材種類跟藥劑最基本的熬製方式，二星藥劑還加上了藥材之間的相互作用，讓人了解藥材的疊加效果，不同屬性的藥材的融合反應，以及對立、相剋的材料之間此消彼長的複雜變化。三星是二星的加強版，全都是藥效變化激烈、很容易產生變異的藥劑，三星以後的星級，製藥流程都差不多，所以才會說，學會二星，就奠定了以後的基石……

——許多藥劑大師，他們都會刻意鑽研二星、三星藥劑，加強自己的學識。

——對！而且大師還會要求弟子在三星和六星盡可能地鑽研，不用急著往上考。

——為什麼是三星跟六星？

——藥劑的三、六、九星級是一個大門檻，很多人都卡在這裡。

——藥劑界有個說法是，在這三個大關鑽研得越久，往後的路越好走。

——難怪埃奇沃司一直沒有去考七星，一直留在六星，我還以為是他七星的

知識還沒學好。〔大笑〕

——嗤！埃奇沃司可是從小跟著「瓦倫庫克大師」學習的，怎麼可能會差？〔鄙視〕

尼赫尼亞：我要替埃奇沃司喊冤一下，要不是導師一直壓著，他早就考過七星、八星了！導師都說他的天賦很好，以後的成就不會輸給他呢！〔崇拜〕〔炫耀〕

——呦！尼赫尼亞又來吹噓他的同門了！

——畢竟小尼尼跟埃奇沃司都是瓦倫庫克大師的學生嘛！感情當然好！

——呿！我二星藥劑也沒學得很透徹，我還是考過了啊！〔吐槽〕

——但是你走不長。

——你的藥劑路走不遠。

——根基不穩，你以後的成就不大。

——前輩們說得就是我想說的。

——同感！

——小晏笙真不愧是幸運星，放在別人那裡是出錯的行為，在他這裡卻是藥劑突破的靈感……〔羨慕〕

——總算見識到氣運值高的人是什麼模樣了，就連學習藥劑也比別人快！真讓人羨慕！

——前面的說錯了吧？學習藥劑要看天賦跟努力，跟運氣無關。

——小晏笙自己也很努力，並不是光靠氣運。

——真不要臉，竟然想用運氣好來抹消小晏笙的努力！我呸！

——我不過就是羨慕他運氣好，你們就開始針對我，真好笑，護短也不是這樣的，我有說錯嗎？他確實運氣比別人好，學習藥劑的速度也快，這些都是事實！

——但是你說話的順序容易起誤會，會讓不知情的人認為小晏笙就是靠著運氣獲得成就，自己沒有努力。

——真好笑，要是會引起誤會，那肯定是他自己有問題，關我屁事！

瓦倫庫克：一名優秀的藥劑師，需要的是努力和鑽研的精神，跟氣運比起來，天賦跟靈感更加重要。

——咦？真的是瓦倫庫克大師嗎？大師你好！大師我好崇拜你！

——驚見大師現身！大師好！〔跪地膜拜〕

——原來大師也有在關注小晏笙的直播啊？

——嗤！不要什麼都往他身上扯好嗎？瓦倫庫克大師就算看直播，也是為了他的弟子埃奇沃司！跟晏笙有什麼關係？

瓦倫庫克：晏笙的藥劑天賦很好，細心又謹慎，觀察力敏銳，人又相當勤奮學習，我相信他以後會是一名好藥劑師。

——哈哈哈哈，笑死我了，瞬間被打臉！

——瓦倫庫克大師威武！

——咦？你們快看！小晏笙這個幸運星又發現東西了！

——烏啦啦、烏啦啦！之前聽說他可以把次元物質從空間夾縫裡面抓出來，我還不相信，今天真是開了眼界了！這樣的能力真讓人羨慕！

——不曉得他這次會抓出什麼？

——希望是命運金幣！我好想去墟境啊啊啊啊！

——我也想去……

——不是金幣，那東西很大，還會動……

——咦？有翅膀的，是蝴蝶還是鳥？

——歐啦啦啦！那翅膀上面有圖騰紋！肯定是某個部落的聖靈！

——你怎麼確定是聖靈？說不定只是某個部落馴化的寵物……

——看起來跟瑪迦桑部落的圖騰好像，不過又覺得像是美比亞菲部落。

〔困惑〕

——正常的，畢竟這兩個部落是兄弟部落，同一個起源，圖騰也差不多。

——有沒有這兩個部落的人？請來確認一下呦！

——「塔圖大長老」贈送晏笙一場「流星雨」，並留言：出現部落聖靈，請瑪迦桑跟美比亞菲部落過來認領一下。

——嚇了一跳！原來塔圖大長老也在啊……

——瓦倫庫克大師跟尼赫尼亞不就是瑪迦桑人嗎？

——尼赫尼亞在嗎？出來看一下是不是你們家的聖靈喔！

美比亞菲三長老：這、這是！$＃％！$＆︿！Q

瑪迦桑大頭目：聖樹在上！我看到了什麼！

瓦倫庫克：是生命靈紋！先祖保佑！生命靈紋好像受傷了！快叫那裡的族人過去醫治！

尼赫尼亞：我已經聯繫埃奇沃司了。我現在在傳送陣，馬上就到他那邊了！

瑪迦桑大頭目：馬上就去！

美比亞菲三長老：美比亞菲的人，一起過去幫忙！

第八章

部落聖靈

時間回到晏笙剛剛發現「生命靈紋」的時候。

當時他在屋內坐得有些無聊，便起身到頂樓的陽台走走，看看風景、伸展身體、活動活動筋骨。

無意間，看見陽台角落處有個彩色的虛影在晃動。

他一時之間沒想到那是什麼東西，只是下意識地進行了鑑定。

生命靈紋：智慧生物，瑪迦桑與美比亞菲兩族部落的聖靈，具有守護和生命祈福作用。

狀態：重傷。

「聖靈？」

聽起來就是很重要的東西，而且又跟埃奇沃司的部落有關，晏笙自然要幫他把聖靈留下。

他快步走向生命靈紋藏匿的角落，他一靠近，原本安靜地趴著的生命靈紋立刻掙扎起來，想要逃離現場。

見狀，晏笙立刻放緩動作，在距離生命靈紋幾步遠的地方蹲下。

「放輕鬆、放輕鬆，我不是壞人，我想幫你……」

他刻意用輕柔的語調，試圖讓對方感受到他的善意。

「我認識瑪迦桑部落的人，他叫做埃奇沃司，我們是好朋友，你想回到部落去嗎？我可以幫你……」

生命靈紋激烈的動作漸漸放緩，似乎是相信了他。

晏笙又往前挪了一些距離，靠近後，他這才看清楚生命靈紋的模樣。

祂的身上有很多或粗或細的線條，線條只有兩種顏色，一種是綠色、一種是藍色，兩種顏色各構成了一種圖騰紋，線條以外的身體部位是透明的，就像是一幅立體的、很有抽象派風格的圖。

而晏笙之前看到的彩光，則是籠罩著生命靈紋的光圈。

「埃奇沃司就在樓下，他在製作藥劑，我已經傳訊叫他上來了，現在先讓我將你拉出來好嗎？」

晏笙雖然想將祂拉出來，卻不敢擅自動作，生命靈紋現在可是重傷狀態，他任何一個動作都有可能害死祂。

「你的傷勢很嚴重，我不曉得你傷在哪裡，我擔心傷害到你，我、我把手放在你的身體下方，將你捧出來，這樣行嗎？」

他慢慢地伸出雙手，穿過空間屏障，跟生命靈紋隔著一掌寬的距離，等待生命靈紋的回應。

生命靈紋身上飄出了翠綠色細絲，這些細絲比頭髮略粗一些。

晏笙不敢動彈，眼睜睜地看著那些細絲纏上他的雙手。

這是要在我手上結繭？

晏笙茫然地看著。

然而下一秒，纏繞在他手上的細絲突然一沉，直接把他壓得往前撲倒。

依循槓桿原理，絲線利用反重力將生命靈紋給「撬」飛出來，祂在空中劃過一道弧度後，穩穩地落在晏笙的頭頂上。

晏笙甚至還聽到生命靈紋落在他頭上後，發出一聲「啪嘰」的愉悅叫聲，而後他的腦袋被某種輕柔的東西牢牢包裹住，有點沉重，像是戴了一頂安全帽。

晏笙緊張得渾身僵硬，可是又不敢亂動或是把頭頂上的小傢伙抓下來。

祂可是部落聖靈又是重傷狀態呢！

要是不小心害祂傷上加傷怎麼辦？

無可奈何之下，他只好梗著脖子，以不會動搖到頭部的動作，慢吞吞地起身。

「別、別動！」

當晏笙呈半跪姿勢的時候，身後傳來緊張的制止聲。
聽到埃奇沃司的聲音，晏笙乖乖地不動了。
「天啊天啊天啊……竟然是聖靈！我竟然看到傳說中的聖靈！聖靈回歸部落了！」
埃奇沃司的眼淚瞬間淌下，他神情激動地跪在晏笙面前，對著他頭頂上的生命靈紋行部落大禮。
「……」無法躲開的晏笙頗為尷尬。
雖然知道對方是在跪拜聖靈，可是他總感覺自己也一起被拜了，感覺會折壽啊啊啊啊！
「聖靈受了重傷，你快點替他檢查。」晏笙開口提醒道。
「祂受傷了！」
埃奇沃司的音調高了幾個音階，他顫抖著雙手，想要將聖靈從晏笙頭頂上抱下，卻又瑟縮著，擔心會傷害到祂。
雙手在生命靈紋周圍來來回回晃了好幾遍，卻始終都沒有碰觸到祂。
晏笙看不見頭頂的情況，又怕影響了埃奇沃司的檢查，只能僵著身體，安靜地等待他完成檢查。

「我、我……我不知道該怎麼檢查。」埃奇沃司沮喪地說道。
「你說什麼？」晏笙以為自己聽錯了。
「我不知道該怎麼檢查聖靈的傷勢，我、我不知道祂傷在哪裡，只有長老跟祭司對聖靈比較了解……」埃奇沃司滿臉地無措。
晏笙：「……」不會檢查你還在我頭頂上晃那麼久！讓我跪那麼久！
「聖靈在我出生前就失蹤了，我沒有舉行溯源儀式，沒有溯源的人，都沒辦法跟聖靈溝通。」埃奇沃司傷心地說道：「我已經聯繫族人了，他們馬上過來！」
「……好。」
既然還沒有辦法進行檢查和治療，晏笙決定給自己換一個輕鬆舒服的姿勢。
「你做什麼！」
埃奇沃司見到他搖搖晃晃地站起身，連忙用雙手捧住他的臉，生怕他的動作太大，讓聖靈摔下來。
「……偶幾是想站起來，腳跪麻惹。」晏笙的臉頰被手掌壓著，說話的聲音甕聲甕氣，有些含糊。
「那、那你站穩。」埃奇沃司不放心地叮囑。
「我站穩了。」所以你可以把手放下來了。

然而，埃奇沃司還是捧著他的臉，要不是擔心碰到生命靈紋的傷口，估計他會直接抱住他的腦袋。

「埃奇沃司，你可以放開我了。」晏笙試圖救回被「挾持」的臉。

「你確定？」埃奇沃司皺著眉頭，不太信任地問：「你現在真的能站穩了？真的沒事了？真的不需要我扶著你？」

捧著臉算什麼攙扶啊！

晏笙很想大吼，卻在對上埃奇沃司緊張不已的表情時，無奈地忍住了。

算了！畢竟是他們部落的聖靈，他這麼重視也很正常。

晏笙說服著自己。

從晏笙學習到的部落知識中，他知道，部落的聖靈是比性命還重要的存在，是可以拿一族的性命去保護的重要寶物，聖靈是部落的精神象徵，同時也是部落延續的重要關鍵。

聖靈在，部落在。

部落人對於聖靈的看重，晏笙無法理解，可是他尊重他們的部落文化，也願意盡棉薄之力幫助他們。

所以……

「我真的可以站穩，你可以放開手了。」

晏笙強硬地拉開埃奇沃司的雙手，他可不希望埃奇沃司部落的人抵達時，看見埃奇沃司捧著他的臉，兩人面對面地近距離站著。

這種姿勢太容易讓人誤解了！

「他們要多久才會到？如果需要一點時間，我們可以找個地方坐下？」晏笙可不想要這麼傻站著。

「他們……」

「聖靈！」

「小心聖靈！」

急吼吼的聲音從上空傳來，晏笙下意識地抬頭往上看。

一直關注他的埃奇沃司立刻扣住他的臉，硬將他的腦袋固定，讓他不能隨意轉動，差點就把晏笙的脖子給扭了。

晏笙：「……」埃奇沃司，你這樣會失去我這個朋友的！

十幾道黑影「刷刷刷」地出現在晏笙周圍，將他團團包圍住。

「聖靈！」

「真的是生命靈紋！」

「嗚嗚嗚～～我還以為我這輩子再也看不到生命靈紋了。」

這句話一出，一群人就紅了眼眶，還有人直接嚎啕大哭。

「……」晏笙被他們灼熱的視線盯著，渾身僵硬，手腳都不知道該怎麼放。

即使知道他們是在看聖靈，可是聖靈就在他頭上啊！

你們就不能先將聖靈拿走再哭嗎？

「各位，生命靈紋受傷了，你們要快點治療，不然……」晏笙無奈地再度提醒。

「對對！聖靈受傷了！快為祂檢查！」埃奇沃司連聲催促道。

「讓開、讓開！笨果子滾開，擋路！擋路！擋路！」

一名背部有兩對羽翼、個子只有一公尺高的老婦人飛到半空。

她揮舞著鑲嵌了彩色寶石的木杖，「咚咚咚」地敲打著面前的高個子樹人，逼著他們讓出一條路來。

老婦人是美比亞菲人，這個部落的外形特點就是背生四翼、個子特別嬌小，飛行速度相當快，來去就像是一陣風。

老婦人頭戴著用羽毛和寶石鑲嵌成的彩鳥造型頭冠，穿著層層疊疊的長袍服裝，身上披掛著一串串璀璨飾品，從這身看起來很昂貴的裝扮看來，晏笙猜測這位應該是部落的長老或祭司之類的大人物。

而埃奇沃司緊接著的介紹也證實了他的猜想。

「這位是美比亞菲的大祭司。」

大祭司飛到晏笙面前——準確來說是臉部上方——對著生命靈紋巴啦巴啦地說了一堆部落語言，而生命靈紋也「啪嘰啪嘰」地回了幾聲。

晏笙聽不懂，也看不見頭頂的情況，視線所及之處只有大祭司的裙襬，他只能耐著性子等待，讓自己不要打擾到他們。

祭司的聲音越來越激動，說話語速越來越快，而生命靈紋發出的音調也比先前高亢響亮。

大概是久別重逢，所以才這麼激動吧？

聽不懂對話的晏笙，只能憑空猜想著。

而後，大祭司揮舞著法杖，為生命靈紋施法治療，晏笙也連帶受益，全身被暖洋洋的光芒籠罩，讓他舒服得想要睡著。

當他回過神來時，卻對上埃奇沃司和兩個部落族人的幽怨目光。

「嘶——」

晏笙被嚇了一大跳，想要退到埃奇沃司身後躲著，可是他一動彈，埃奇沃司馬上按著他的雙肩，將他固定在原位。

「大祭司說，她已經施法治療聖靈。」埃奇沃司頗為糾結地替晏笙翻譯，「但是她的治療只是讓傷勢減輕一些，不能完全治好，想要徹底治癒聖靈，就要將祂帶回族裡，可是聖靈不想離開你，不肯跟我們回部落……」

「你對聖靈做了什麼？」其他部落人臉色難看地質問。

「你用什麼方法誘拐我們的聖靈！」

「把我們的聖靈還來！」

其他人握緊雙拳，活像是想把晏笙痛揍一頓。

「我什麼都沒做！」晏笙恨不得高舉雙手發誓。

誘拐聖靈這種大罪他可擔不起！

原本還在跟聖靈溝通的大祭司，突然轉過身，憤怒地拿著權杖敲打那幾名年輕的族人，又嘰哩咕嚕地說了一堆部落話，兇悍地、大聲地揮著手叫他們退後。

可惜，晏笙一句話都聽不懂，不然還可以暗中竊笑一番。

瞪我？還想揍我？哼！

回過頭，大祭司揚起笑臉，態度相當溫和地看著晏笙。

「沒事，你，很好，乖果果。」

大祭司用生疏的通用語安撫他，還笑著摸了摸他的額頭，如同老奶奶對晚輩的呵護，讓晏笙的不滿也跟著消減不少。

後來兩個部落的族長和長老們都趕來了，在他們的居中翻譯下，誤會終於解釋清楚。

原來大祭司是在數落年輕族人沒有學好部落語，連基本的翻譯都翻錯，差一點引起誤會。

要不是大祭司聽得懂通用語，只是不擅長說出口，這樣的誤解恐怕會引發嚴重的紛爭，甚至會傷害了他們的恩人！

經由族長和長老們的正確翻譯，眾人這才明白，聖靈之所以不願意離開晏笙，是因為晏笙身上的氣運極盛，再加上晏笙有心幫助生命靈紋，這股氣運也連帶庇護著祂。

氣運的庇護雖然不能讓生命靈紋的傷勢修復，卻能讓祂維持現有的狀態，不讓傷勢繼續惡化，所以祂才不願意離開，並不是他們所以為的，晏笙用不良手段拐帶了部落聖靈。

了解情況後，兩族族長和長老們鄭重地向晏笙表達感激和歉意。

要是沒有晏笙，生命靈紋現在還在空間夾縫中飄蕩；要是沒有晏笙，生命靈紋就算被救了出來，在沒有及時救治的情況下，祂也難逃一死。

如果生命靈紋死了，瑪迦桑與美比亞菲兩族部落也會走向滅亡。

晏笙的舉動，無疑是拯救了兩個部落。

事後，瑪迦桑與美比亞菲經過討論，決定破例讓晏笙成為兩族部落的榮譽長老。

然而，由於晏笙並不是他們部落的人，也還沒有通過天選者考核，不是百嵐聯盟的一分子，所以這個榮譽長老的職位並沒有實權，也暫時不能對外公開，又礙於「天選者培養計畫」的限制，瑪迦桑與美比亞菲部落也不能為他提供任何特殊幫助，但是他們會成為他的靠山，在暗中保護他，並且為他擋下那些帶著惡意的敵人。

不過這些都是後話，暫且不提。

因為生命靈紋需要晏笙的氣運護住性命，但是瑪迦桑與美比亞菲部落又不能將他帶回部落聖地，他們商討過後，決定在百嵐城為生命靈紋舉行祭祀。

一行人上了飛船，飛到百嵐城的服務中心頂樓部落區。

瑪迦桑與美比亞菲部落是兄弟部落，使用的部落區也是兩個合併在一起的，空間足夠寬敞，能容納下儀式需要的器具和族人。

為了隱密性和安全起見，頂樓的部落區進行了封閉，不讓外人進入，連晏笙的直播間也暫時關閉了。

這場祭祀是為了醫治生命靈紋而設置的。

晏笙原本以為，治療方式應該是給生命靈紋灌藥或是進行手術什麼的，沒想到竟然是用祭祀進行醫治！

這可真是完全出乎他的預料。

在等待祭壇架設以及族人聚集的期間，埃奇沃司跟晏笙說了瑪迦桑與美比亞菲部落的起源，兩個部落和生命靈紋的故事。

如同女媧造人、上帝創造亞當、夏娃這類的神話故事，瑪迦桑與美比亞菲部落的「誕生」也跟神話故事差不多。

「很久很久以前，天地之間空空蕩蕩，只有一棵巨大的樹和棲息在樹上的小鳥……」

巨樹和小鳥相伴生活，巨樹提供好吃的葉子給小鳥當食物，小鳥替巨樹挑出身上的蟲子，讓樹木不會疼痛生病。

某天，天上降下一場大火，焚燒著大地，巨樹被燒成重傷，小鳥被巨樹護著，只受了輕傷。

小鳥傷心著朋友即將死去。

巨樹說，只要小鳥帶著它的種子離開，找到一處沒有被天火灼燒的土壤種下，它就會獲得新生。

小鳥拖著殘缺的羽翼，帶著種子吃力地往外飛，想要飛到沒有天火灼燒的地方。

飛到最後，小鳥沒力氣飛行了，便走著、拖著、爬著前進。

好不容易，小鳥找到了一處淨土。

小鳥將種子種入土裡，可是這裡並沒有水源，而小鳥也沒力氣再動彈了。

情急之下，小鳥用自己的血灌溉巨樹的種子。

當巨樹種子破土萌芽時，小鳥的生命也走到了盡頭。

巨樹很哀傷，它祈求上天能夠將自己的生命分給小鳥。

天神受到巨樹和小鳥的友誼感動，賜下生命靈紋給它們。

生命靈紋化身成兩個部落圖騰烙印在巨樹和小鳥身上，融合他們的骨血，賜予他們新生命，巨樹和小鳥相繼變化成人形，成了瑪迦桑部落與美比亞菲部落的祖先。

「一百多年前，族裡遭到蟲族入侵，那些該死的蟲子，破壞了我們的家園，還殺死了不少族人，就連孩子也……」

即使說的是從長輩那裡聽來的事情，埃奇沃司還是激動得握緊拳頭。

「族人好不容易將蟲族消滅了，『獵盜』卻趁著族裡防御低微的時候潛入，打算將我們全都綁了，賣給別人當奴隸和食物……」

「食物？」晏笙訝異地瞪大雙眼，「有人吃……人？」

「即使我們是智慧種族，可是對於那些人來說，我們就只是『食物』。」埃奇沃司苦笑，又道：「部落之所以會組成百嵐聯盟，就是因為外敵太多，我們必須團結起來，共同抵禦那些敵人。

「百嵐聯盟是這片宇宙中最強大的聯盟，可是星際不只一個宇宙，將我們生活的宇宙當成部落的話，在這個家園之外，還有更強大、更高階的高等位面存在，『獵盜』這個團體就是來自其他宇宙位面……」

幸好，那些高等位面也不全都是「壞人」，其中也有平等對待百嵐聯盟，沒有將部落人當成下等人或是食物的，不然百嵐聯盟早就不存在了。

「生命靈紋為了抵禦獵盜，救回族人，不惜耗竭力量撕開空間，將那群獵盜丟進空間裂縫之中，但是祂自己也被捲入空間漩渦裡頭……

「我們的族人出生時都會舉行溯源儀式，這個儀式就是跟聖靈立下契約，這溯源契約可以讓我們跟聖靈溝通，讓我們可以透過圖騰借用祂的力量，還能讓我們找到聖靈的位置……

「只是空間裂縫畢竟是一個神秘又難以探索的位面，就像是蟲洞的通道一樣，我們能夠仿製出人工蟲洞，卻無法製造出天然蟲洞，沒有人知道那裡面有些什麼。我們雖然能模糊感應到聖靈，卻也無法準確定位，更別說是打開空間障壁將祂救出來了。」

埃奇沃司頓了頓，滿是真摯地看著晏笙。

「我們都以為，可能要花上幾輩子的時間找尋聖靈，沒想到竟然會有這樣的驚喜……」埃奇沃司語氣哽咽，眼睛又開始冒出淚花了，「所以我們真的很感謝你，謝謝。」

「你們已經道謝過很多次了。」晏笙笑著調侃道：「我只是運氣好，剛好遇到聖靈……」

「就算道謝一百次、一千次、一萬次都難以完整描述我們的感激。」埃奇沃司認真地說道：「你不知道，你拯救了瑪迦桑和美比亞菲的未來。」

「未來？」晏笙愣了一下，「所以部落介紹中所說的，『聖靈在，部落在』的事情是真的？聖靈消失了，部落真的也會消失？」

他還以為那只是一種暗喻的說法，以為是類似於「部落解散」的情況，沒想到這句話是真實描述嗎？

「我們跟伴侶結合後，會誕下『卵果』，卵果生下後，我們要將卵果放到聖地，交由聖靈孵育和照顧。」埃奇沃司面色沉重地說道：「聖靈失蹤後，新生兒的孵化率急速下降，我們已經有五十年沒有新生兒孵育了。我們研究了各種藥劑試圖保持住卵果的生命力，希望能讓他們孵化出來，可是……最後他們都死了。」

「我原本有個弟弟或妹妹，我不知道他的性別，因為他還沒來得及誕生就……」埃奇沃司抹了一把臉，又揉了揉雙頰，試圖將哀傷抹去，「現在沒有族人敢生育，我們不想眼睜睜看著他們死，他們連看一眼這個世界的機會都沒有。」

「現在聖靈找回來了，不用擔心了。」晏笙拍拍他的手背安慰。

「是啊，聖靈回來了。」埃奇沃司笑望著晏笙頭頂上的生命靈紋。

兩人的談話告一段落時，臨時祭台也搭建好了。

晏笙被恭敬地請到祭台上，瑪迦桑部落與美比亞菲部落的族人圍繞著祭壇站立。

「坐，放輕鬆，不怕。」大祭司摸摸晏笙的額頭，又拍拍他的胸口。

「不怕。」晏笙也跟著拍了拍自己的胸膛。

「乖。」大祭司退到一旁，率領著眾人吟唱部落的古老歌謠。

吟唱的曲調簡單，伴奏的樂器只有鼓、笛子和搖鈴，嘹亮的人聲融入演奏中，渾厚低沉和清亮高亢的嗓音時而交織、時而分離，就像是參天的巨樹和圍繞著它飛舞的鳥兒，和諧溫馨。

晏笙聽不懂歌詞的意思，卻能聽出吟唱者的虔誠和期盼。

他閉上眼睛，雙手十指交扣於胸前，也跟著祈禱生命靈紋能夠健康強壯。

在兩族部落祭司的特殊視角中，部落人的祈禱信念化為白淨的光粒子，不斷地飄向聖靈，緩慢地修復祂的傷勢。

而當晏笙也跟著進行祈禱時，他身上的氣運化為大量的金色洪流，奔騰地湧入生命靈紋體內，為部落的白色光芒助陣，瞬間就讓祂的傷勢痊癒，還讓聖靈出現突破進階的徵兆。

祭司們驚喜過望，連忙加大祝願之力，希望能協助聖靈一舉晉級。

又過了一會兒，一直趴在晏笙頭頂上的生命靈紋突然拍動翅膀飛起，身上放出強烈光芒，強烈的風浪環繞著祂捲起，還將下方的晏笙給吹趴下了。

等到這股風浪消失，現場再度恢復平靜時，眾人發現，生命靈紋的身軀放大了一倍，原本的護體光圈變成兩個交錯旋繞的光環，光彩更加明亮。

「進階了！聖靈進階了！」族長激動得高舉雙手歡呼。

大祭司又哭又笑，呼啦呼啦地說了一通部落語，還飛撲上前擁抱了晏笙。

「好，好果果，謝謝。」

晏笙也笑呵呵地回抱大祭司，他雖然不清楚聖靈進階是什麼樣的情況，卻也知道這絕對是好事。

就在這時，聖靈也飛到晏笙面前，與他面對面對望。

晏笙這才注意到，聖靈除了身體變大一圈之外，身上的圖騰花紋也變得更加繁複，額頭的位置還多出了兩根金色觸角，身體輪廓也隱隱閃著金光，就像是用金線勾邊一樣。

聖靈用金色觸角貼上晏笙的額頭，他只覺得腦袋像被扎了一下，不是很疼，反倒有些麻麻的。

「小傢伙，謝謝你啦！」歡快而清亮的嗓音在晏笙腦袋中響起，音調聽起來有點像是鳥鳴。

「是……您在跟我說話？」晏笙恍恍惚惚地看著生命靈紋。

「是我。」生命靈紋點頭，「多虧了你，我才能離開虛空，謝謝你救了我。」

五顆雞蛋大小的翠綠色水珠子飄浮到晏笙面前，晏笙連忙用雙手捧著。

「這是可以改善你的體質的淬體液。」生命靈紋說道：「你將它捏破，丟入熱水中，用它泡澡，浸泡兩個小時。淬體的時候會覺得疼，你如果能夠清醒地撐完全程，不只體質改善，精神力也會增長……」

「謝謝。」晏笙感激地收下，這是他現在最需要的東西。

聖靈恢復了，自然也就不用繼續跟在晏笙身邊，兩族族人向晏笙道謝過後，歡歡喜喜地帶著聖靈回家。

這次的事件還引發了一場小風波。

雖然晏笙的直播間臨時關閉了，可是瑪迦桑部落與美比亞菲部落尋回聖靈的事情也傳揚開來，畢竟關閉直播間只是為了不讓外人看見部落的祭祀內容，並不是要隱瞞這件事。

眾人一邊替瑪迦桑和美比亞菲感到開心，一邊又忍不住感慨晏笙的運氣真是好，就連待在家中也能撿到部落聖靈。

不過也有人認為，晏笙的運氣是很好沒錯，但是最終受益人都不是他啊！

之前的命運金幣是塔圖部落受益，現在的聖靈是瑪迦桑和美比亞菲部落受益，他雖然也得到這些部落的感謝和禮物，但是相較於部落所獲得的好處，他得到的那點好處可真是不值得一提。

有人調侃晏笙的氣運雖然好，可是這份好氣運卻沒怎麼回饋給他自身，都造福身邊的人去了。

就在此時，有人突然冒出一句：「如果我們也跟幸運星當朋友……」

於是乎，一場「我要跟幸運星作朋友、沾好運」的行動悄悄地展開了。

第九章

倉儲挖寶

因為天選者和百嵐部落人的存在，次元星域興起一種獨特的倉儲產業。

天選者在次元星域類似於「無根浮萍」，沒有國家、星球、種族和家族可以依靠，他們雖然可以在這裡置產，可是因為心底不踏實、沒有安全感，再加上空間儲物裝置和倉庫租賃的存在，他們更傾向於將家當全都帶在身上，或是找一個安全可靠的地方放置。

百嵐城服務中心的倉庫租賃服務就是他們最好的選擇。

選擇將東西放在租賃倉庫裡頭，並不是他們對百嵐城有多大的信任，他們只是基於「就算東西遺失了，我還能獲得加倍賠償」的心理，選擇了租賃倉庫。

百嵐部落人也是差不多的做法。

他們是來這裡歷練的，期間自然會收集各種對於自己歷練有益的東西，等到他們要離開時，就將這些東西做一次精煉整理，帶走想收藏的、有價值的物品，剩下的就隨意地丟棄在這裡。

當他們發生意外、失蹤、死亡或是離開次元星域時，他們放在租賃倉庫裡頭的東西就被服務中心回收拍賣，以賺取租賃者沒能按時支付的租金。

為了不引起糾紛，除了確定死亡的人之外，人還活著、只是失蹤或是有其他因素沒能按時繳付租金的倉庫，該倉庫會在租金缺繳的隔年才會進行拍賣。

每一年，百嵐城的服務中心都有一千多個倉庫在進行拍賣，平均下來，每個月需要拍賣近百個倉庫。

也因為如此，有一批人專門從事搶拍倉庫的生意，並將它發展成一個產業。他們以低價位收購倉庫裡的東西，將這些物品進行挑選、維修、清理，而後以二手品的價格轉售賣出，賺取中間的差價利潤。

從事這種工作的人被稱為「挖寶人」，也有人笑稱他們是「撿垃圾的賭徒」——因為沒有人知道，你拍賣競標所買到的倉庫物資，是有價值的物品，還是一堆沒價值的垃圾。

這一天，麥斯金拉著晏笙來到服務中心的租賃部門，準備拍下某個倉庫裡的東西，晏笙是被他拉來擔任助手的。

能讓麥斯金這個機械宅男特地跑一趟，肯定是因為這裡有他非常想要的東西。

「我收到消息，這個月要拍賣的倉庫中，有『屠戮者』的倉庫！」麥斯金興奮地握緊拳頭，還在原地蹦跳兩下。

「屠戮者？」

「他是一名機械大師！」麥斯金滔滔不絕地介紹道：「他擅長材料的粹煉處

理和合成，他的武器雖然不符合我的審美，結構設計有些粗糙，平衡方面也……可是他處理材料的手法相當高明！簡直可以說是登峰造極！比起機械大師，我認為他更符合『材料大師』這樣的稱號！」

激動過後，麥斯金又略顯遺憾地搖搖頭。

「可惜，屠戮者為了合成一種超級金屬，竟然跑去『空白之地』冒險！之後他就失蹤了。」

「空白之地」並不是指那裡什麼都沒有，這個詞彙的意思是「地圖上所不存在的地方」。

之前曾經提過，次元星域有許多空間夾縫和裂縫，空白之地就是空間裂縫最多、最大的地區，那裡自成一個「異空間」，出入口極不穩定，時有時無，進入空白之地的人，沒有人能保證可以從那裡全身而退。

「所以你是來買他的倉庫的？哪一間？」晏笙理解地點頭。

「不知道。」

「不知道？」晏笙訝異地看著他。

「倉庫拍賣都是隱藏資訊，不過他們會打開倉庫，讓買家站在外面觀察……」麥斯金說出他過往參加倉庫拍賣的經驗，「到時候我就挑我覺得像的買。」

「覺得像？」晏笙更加困惑了。

都已經能看到倉庫裡的東西了，不是對裡面的東西一目了然了嗎？

等到拍賣會開始，看見那些倉庫後，晏笙就明白麥斯金為什麼會這麼說了。

「各位，現在倉庫物資拍賣會即將開始，請想要參與拍賣的買家到我這裡登記！」

工作人員手上拿著一塊觸碰型面板，對著眾人招呼道。

他這一喊話，現場二十幾個人都朝工作人員的方向走去，並陸續將身分碼對準工作人員手上的面板進行掃描登錄。

掃描完成的人會收到系統發放的隨機號碼，那便是他的買家編號。

「這個月一共有九十七間倉庫進行拍賣！拍到倉庫後請立刻付款，只收全額現款，不接受分期付款！好了！請大家跟我來！」

工作人員簡略地介紹完畢後，立刻領著眾人來到一架長條形、像小火車一樣一節一節的飛行器裡頭。

飛行器的上半部是透明屏障，坐在裡頭的人可以清楚看見外頭的景物。

乘坐的車廂並不大，只能夠容納四個人，但是對於參與拍賣的挖寶人來說，這樣的空間已經足夠，因為他們大多是單獨一人或是帶著一、兩名夥伴同行，人數並不多。

眾人各自選好車廂就定位後，飛行器啟動飛行，帶著他們飛向地底。

晏笙只覺得自己像是搭乘過山車，車子進入通道後直往下衝，彷彿要衝向地心深處一樣，足足過了十幾分鐘才停下。

地底下，晏笙等人看見一個異常遼闊的空間，以及一大堆規格統一、排列得整整齊齊的金屬製箱子。

這些箱子方方正正的，約莫九立方公尺，同款式、同顏色，只有箱門的編號不同，看上去就像是小型貨櫃。

大箱子的上方是雙軌移動軌道，這些軌道像是高樓大廈的樓層劃分，一層又一層的軌道隔著相同的距離不斷往上鋪排，數量難以估算。

整齊劃一的軌道、整齊劃一的箱子、整齊劃一的懸掛……簡直就像是用電腦不斷複製貼上一樣。

要是有強迫症的人來到這裡，一定會覺得相當賞心悅目，因為這裡實在是相當地工整。

飛行器在最底層的某個箱子前停下，工作人員按下一個按鈕，箱子正對著眾人的門變成透明狀，能讓人看見裡面一部分的東西，但不是全部。
它的內部是折疊式空間構造，有不少物品被放置在視線死角，眾人只能看見倉庫門口的物品，看不到其他角度。
「第一間倉庫！」工作人員喊道：「等一下車廂會一個個靠近門口，一組有一分鐘的觀察時間！」
倉庫裡頭的東西有一些被放在敞開的貨架上，一些被封箱打包起來，沒有裝箱的也用防塵布或是其他東西蓋著，挖寶人只能從物品輪廓和箱子包裝去猜測裡面會放置些什麼。
「那盒子的保護性很好，是專門用來放脆弱的藏品的，就算裡面是空的，那個盒子也能賣五千……」
「隔離布下面的輪廓……我覺得是微型飛行裝置，穿在身上的那種。」
「那個收納包是〇〇〇名牌的，買他們家的防護服都會附贈這樣的袋子，那牌子的防護服很不錯，就算是幾年前的舊款式，二手的價格也能賣這個數，就怕裡面不是裝防護服，而是裝了其他東西……」
「你覺得這個倉庫值多少數？我覺得值這個價碼……」說話者藉由身體遮擋，比劃著手勢。

「看見後面那個像柱子一樣的東西沒？我覺得應該是某種巨獸的角或是牙……」

「鑑定不出來？」

「無法鑑定。」鑑定師助手搖頭。

無法鑑定的東西，通常有三種情況，一種是東西的等級超過鑑定師的等級，所以他鑑定不出來；另一種是這些東西來自虛空裂縫，是半虛半實的次元物質，這種特殊存在的物體，一般的鑑定師也鑑定不出來；最後一種是，物品被特製的、可以阻絕鑑定的隔離箱或隔離布料遮著，鑑定師無法進行鑑定。

經過淬體液的粹煉，晏笙現在的體質是白銀級、精神力是鉑金級，戰鬥力也跟著一躍成為白銀級，五感強化不少，雖然有車廂隔著，他還是能夠隱約聽見挖寶人的討論聲。

聽見他們的討論後，他對於這些挖寶人相當佩服，即使無法進行鑑定，卻也能夠依靠過往經驗和對物品的了解，能夠從不起眼的蛛絲馬跡猜測到不少真相。

晏笙沒有這些人的好眼力和閱歷，但是他有鑽石級鑑定之眼，而且他還是擁有時空之力的時空商人，即使是次元物質，即使東西被隔離箱遮擋著，他也同樣可以鑑定出結果。

晏笙的鑑定之眼簡直就像是開了超級外掛一樣，到目前為止，這些倉庫的收藏中，沒有他看不出來歷的物品。

大致上都跟那些人猜測的相符，不過也有掛羊頭賣狗肉，用隔離箱裝著一堆垃圾的，也有看起來就是一堆不值錢的垃圾，內裡卻是另有乾坤。

晏笙就拍下了一間這樣的倉庫。

倉庫裡堆著凌亂的雜貨、破布塊、某種大型獸類的破碎骸骨，這些東西全都沒有裝箱打包，而是隨意地堆放，看起來就像是已經被人挑揀過的廢棄物。

「嘿！菜鳥！這些垃圾可不值錢！」

旁邊一名身材高大、滿臉橫肉的光頭挖寶人戲謔地朝他齜牙，咧開的嘴裡露出鋸齒狀的牙齒，看上去很是兇惡。

「孩子，並不是所有倉庫都值得拍賣，我們不拍，是因為它是個『廢倉』。」光頭男的夥伴滿臉同情地看著他。

廢倉指的是倉庫主人將有價值的東西都帶走了，留下一堆沒什麼價值的物品。

光頭男以為晏笙之所以買下這個倉庫，是因為他們這些挖寶人都沒有出價，於是這隻小菜鳥便開價撿便宜。

「哈哈哈哈，鱷爾嘶、布魯克，你們跟他說這些他聽得懂嗎？」旁人取笑道。

「新來的就該吃點虧、付點學費！」

「嘿、嘿！友善點，人家可是小朋友！」

「少來了，黑鼠，你這個奸商最坑人了！」

「不過才五千貢獻點嘛！那些廢物整理一下，說不定能賣個幾百？」

「我估計可以賣兩百！」

「我覺得應該有三百……」

一群挖寶人嘻嘻哈哈地笑道，有些人只是純粹調侃、並無惡意，有些人就真的是希望晏笙這個亂入場的菜鳥吃個大虧，最好就此退出，別來跟他們搶生意了。

晏笙笑了笑，沒說什麼，他知道自己挖到寶就行了，沒必要跟他們辯駁。

被拍下的箱子會自動上鎖，並移動到列車後方，跟隨列車一同移動。

等到拍賣結束，買家繳交了貢獻點後，他們就可以開啟屬於自己的倉庫，查看裡頭的物品。

之後，晏笙又陸續參加了幾次喊價，而且都有人跟他競爭。

也不曉得他們是故意跟他哄抬價格，還是真的想要倉庫裡的東西，雖然最後倉庫還是被他得標了，得標價卻超出他的心理預期。

幸好他沒打算靠這些東西賺錢，只是想要獲得倉庫裡頭的東西，所以就算他多花了點貢獻點，卻也只有商品原售價的七、八折，相當於買了二手貨，不算買貴了。

「呦！菜鳥又買到一間倉庫了！恭喜啊！」

「嘖嘖嘖！我們新來的菜鳥還真是有錢，我都快羨慕死了……」

「有錢的蠢菜鳥，你乾脆將所有倉庫都買了吧！」

「我敢保證，那些東西肯定沒辦法讓他賺回本哈哈哈……」

看著那幾個抬價者惡意滿滿的笑容，晏笙覺得自己也應該要「禮尚往來」一番。

於是，在那些人遇見想買的東西時，他也加入喊價，並在最後關頭放棄，反坑了他們一把。

「小菜鳥，遊戲可不是這麼玩的，小心把自己玩掛了。」刀疤男惡狠狠地盯著他，活像是想要將他生吞活剝了。

如果真是新手，早就被對方嚇唬住了，可是晏笙畢竟有饋贈記憶這樣的外掛，對於這類的「恐嚇」，饋贈記憶中的前輩們遭遇過不少，自然知道該怎麼應付。

「我來這裡是為了買東西，不是為了玩。」

晏笙神情平靜甚至是有些淡漠地說道，視線毫不避讓地與刀疤男對峙，完全沒有一絲退縮。

有人正面挑釁的時候，絕對不要想著「以和為貴」，那只會讓人將你當成軟蛋、得寸進尺地欺凌，最好的方式就是正面回擊，即使沒把握打贏，氣勢上也絕對不能輸！

「拍賣時禁止爭吵、鬥毆和任何破壞的行為！」工作人員臉色不善地開口警告，「我們後面還有三十幾間倉庫要看，這些競拍都要在今天完成，希望你們不會加重我的工作量！」

「放心，我們沒吵架！」刀疤男繃著的表情瞬間轉為笑臉，「我只是在提醒新來的菜鳥，希望他考慮一下成本，免得虧得連褲子都要拿去賣。」

「沒吵架最好。」工作人員不置可否地撇嘴，「坐穩了，我們要去下一個倉庫了！」他朝眾人喊了一聲，讓飛行器繼續移動。

趁著工作人員沒注意後方，刀疤男朝晏笙做了嘴型：你給我等著。

晏笙不以為意地笑笑，沒再理會對方。

「『鉸刀』是資深挖寶人。」一直沒出聲的麥斯金突然開口說道：「他有自己的二手貨店跟一個傭兵團，店舖跟傭兵團都叫做『牛角蟒』。」

牛角蟒是一種頭生雙角、攻擊力強、食量驚人，什麼都吃、什麼都能吞下的巨型蟒蛇，鉸刀用牛角蟒當店名，無疑是展現了他的野心。

「雖然他的勢力不大，傭兵團的等級也不高，但也不是你一個人能應付的。」麥斯金面色平靜地看著晏笙。

「所以？」晏笙等著對方接下來的話。

「你可以找個傭兵團加入，或是『靠掛』在某個勢力名下。」麥斯金沒有賣關子，直接說出他的提議。

「靠掛」是指不正式加入某個勢力團體，只是繳交保護費請對方提供保護。

「我可以將你介紹給閃金，他同樣有自己的傭兵團跟人脈，而且規模跟等級都比鉸刀厲害。」頓了頓，他又接著說道：「你不一定要加入閃金的傭兵團，直接給他一筆保護費就可以了，閃金這個人不錯，保護費收得很公正，也不會惡意壓榨人。」

這種「靠掛」的行為相當常見，提供保護的人藉由這樣的做法增廣人脈、收取利益，而受到保護的人則是找到一個靠山，是一種互惠互利的合作方式。

「條件呢？」晏笙反問。

他並不認為他跟麥斯金的普通交情能讓他這麼幫助自己。

「幫我找出屠戮者的倉庫，並且贊助我買下，貢獻點我以後會還你。」麥斯金說出他的目的。

麥斯金雖然有積蓄，可是在這之前，他已經以高價標下兩個疑似屠戮者倉庫的物件了，要是這兩個不是他的目標，他不確定自己剩餘的資金能夠拚過其他挖寶人。

在他看來，屠戮者身為機械大師，倉庫裡的好東西肯定不少，不管是原物料或是加工過的材料零件又或者是成品，全都是會被其他挖寶人覬覦的好東西。

晏笙沒有詢問麥斯金為什麼會認為他能夠找出屠戮者的倉庫，他並沒有隱藏職業，麥斯金可以輕易地查到他的職業訊息。

商人必備的天賦就是鑑定，這是世人皆知的事情。

「成交。」晏笙沒有多作猶豫。

雖然他有各種手段可以回擊鉸刀，可是既然有避免麻煩的辦法，又何必非要親自動手呢？

晏笙並不知道，他現在已經被收入塔圖、瑪迦桑與美比亞菲部落的保護傘下，而且瑪迦桑和美比亞菲已經將他列為兩族部落的榮譽長老，只是礙於「天選者培養計畫」的限制，暫時沒有對外公開，也沒有告知晏笙此事，但是其他部落高層，該知道的都知道了。

在這種情況下，鉸刀要是敢找晏笙麻煩，肯定會被一堆人給滅了。

不過就算他知道了，肯定還是會做出同樣的選擇，畢竟人脈、靠山這種東西，當然是越多越好！

「你的鑑定是什麼等級？」麥斯金問道。

這一路過來，他暗中觀察晏笙，從晏笙買下的那些物資看來，晏笙的等級應該不低，不然也不會一堆挖寶人都沒瞧出他買下那些物資的用意。

那些挖寶人可都是擁有鑑定術的人，就算本人不是，肯定也會帶著一名鑑定師過來，連他們都看不出那些物資的名堂，可想而知，晏笙的等級肯定比他們高。

「鑽石。」晏笙沒有隱瞞，直接給了一個讓他安心的答案。

「很好。」麥斯金滿意地點頭，又問：「那……貢獻點？」

「隨你喊價。」晏笙相當豪氣地說道。

「謝謝。」麥斯金是真的安心了，略微緊繃的身體也跟著放鬆下來。

鑽石級鑑定是他遇過的商人中等級最高的，晏笙又說他可以隨便開價，肯定資產不少，他不用擔心自己買不到屠戮者的「遺物」了。

「第八十九間倉庫！」

工作人員按照慣例喊了一聲後，就讓他們輪流上前查看了。

晏笙看著倉庫裡的東西，眼瞳微微一縮，暗中朝麥斯金使了個眼色。

後者理解地點頭，強壓著內心的激動。

這間倉庫就是屠戮者的倉庫！

然而，拍賣的情況就像麥斯金所想的，並不樂觀。

即使其他人並不知道這間倉庫的擁有者是誰，但是看到裡頭一堆貴金屬材料、武器成品和半成品、各種昂貴的能源塊，以及專門用來儲存貴重物品的小金庫……

光是眼前這些物資，就足以讓他們瘋狂競價！

「起標價五十五萬五！」工作人員喊出起標價。

起標價的定價是租賃者所積欠的租金的五到八成。

至於是五成底標或是八成底標，就要看倉庫裡頭的物資，要是物資多而且看起來都挺有價值的話，工作人員所喊的底價就會高一些。

起標價能夠達到十萬貢獻點的，都是高檔倉庫才有的租賃價。

根據不同規格、不同的保管條例，倉庫租賃有不同的租賃價格，最便宜的月租費只要一百貢獻點，最昂貴的是一萬。

另外，要是覺得倉庫的功能不足，想要額外增加一些設置，像是專門用來存放材料的材料櫃、連活物也能存放的養育艙、放置極度危險物品的安全槽、可以讓材料一直保持在最新鮮狀態的控時陣……只要額外加錢，租賃中心都能滿足租賃者的需求。

眼前的倉庫就是加了一堆特殊功能的高檔倉庫。

即使不了解倉庫內的特殊設置，光是聽到起標價是五十五萬五，也知道這個倉庫非同凡響！

「六十萬！」馬上就有人喊價了，而且一加就是五萬。

「六十萬有沒有人加價？六十萬……」工作人員語氣平靜地複述金額。

按照拍賣會的規矩，加價的詢問一共要問三次，三次都沒人繼續往上加才能拍板定案。

「七十萬！」

「八十萬！」

「九十萬！」

價格一路狂飆，直到破了三百萬這才減緩了喊價的速度。

「三百三十萬！三百三十萬還有沒有人加價？」

「三百三十一！」

「三百三十五！」

「三百五十！」

「四百萬！」麥斯金一口氣抬高了五十萬，想要藉此嚇退那些挖寶人。

「四百萬！四百萬還有沒有人加價？四百萬還有沒有人加價？」工作人員激動了，聲音越發高亢。

高檔倉庫的物資一般都是以一、兩百萬的價格賣出，像今天這樣賣到四百萬的情況可是很罕見的。

他雖然不能從中抽成，但是他經手的倉庫物資拍賣如果能賣出高價，他的工作考績就會得到加分，年終獎金也會跟著提高。

「四百萬一次……」

「四百一十！」鉸刀面色難看地喊價了。

「四百五十！」麥斯金再度開價。

「四百五十五！」鉸刀再度喊價。

現場就剩下麥斯金和鉸刀兩人在比拚。

「五百！」麥斯金直接喊了個整數。

「五百萬！」工作人員更加興奮了，喊價的嗓音甚至有些撕裂，「五百萬還有沒有人加價？五百萬還有沒有人加價？」

「嘖！」鉸刀啐了一口，臉色猙獰地考慮要不要加價。

他雖然有店鋪、有傭兵團、有一些家底，可是交易買賣本就有贏有虧，傭兵團的花銷也不小，支付薪水、更換裝備、採買藥劑、食物、日用品等等，全都是負擔。

他的現金資產不到四百萬，先前的加價已經是算上他店內的商品和其他門路去加總的，要是加價到五百萬以上，他就需要向其他人借錢，並且在事後用最快的速度將這些倉儲物資賣出……

這個倉庫的物資，以他的經驗來看，肯定是會賺的，但是想要賣上好價錢就需要花點耐心，找尋最合適的買家，而這一等可能就是要等上好幾個月。

然而，挖寶人這門生意，全都是現錢交易，手頭上必須要備有一筆隨時能動用的流動資金，欠債、囤貨太多、資金無法周轉都是大忌。

傭兵團那裡也一樣，每個月的薪資都要現結，要是薪水給晚了，很快就會有人跳槽離開。

掙扎再三，鉸刀最後還是放棄了這個可以讓他賺大錢的倉庫。

屠戮者的倉庫被麥斯金以五百萬標下。

「裡面有屠戮者的心得筆記，我希望能得到一份複製本。」晏笙將貢獻點轉給麥斯金後，低聲提出請求，「作為交換，你跟我借的貢獻點只需要還一半。」

他的天賦技能中有維修技能，雖然有饋贈記憶中的知識，不過技能這種東西當然是學得越多、越精通越好。

「成交。」麥斯金爽快地同意了。

他的存款只剩下一百多萬，一下子就背上四百萬的負債也讓他很頭疼，現在只要一份複製本就能減輕一半的債務，他當然願意！

拍賣列車的行走路線是由下而上，當他們結束最後一個倉庫的拍賣時，列車也位於地下一層。

「好了！今天的拍賣到此結束，現在我們要回到三樓，請各位到櫃台支付帳款。」工作人員用著喊了一整天的沙啞嗓音說道。

付款完畢，晏笙在機器人的協助下，隨意地找了一間空房間，將拍到的倉儲物資放進房間進行檢查和整理。

倉庫在他們得標時會自動上鎖，買家需要進行身分認證才能打開倉庫的門，這也是為了避免不必要的紛爭。

晏笙的空間雖然可以將這些東西全部裝下帶走，可是一般商人的空間可沒有他的空間大，他要是真把東西一次裝走，實在是太過顯眼，很容易被人盯上。

於是，晏笙在貨物堆中挑挑揀揀，將最有價值的、最特殊的東西都收入空間，剩下的就留在原地。

「客人若是不方便將東西全部帶走，也可以花費一些貢獻點，讓我們幫忙運送物資，或者是幫您將這些物資轉移到您的倉庫。」機器人主動上前，介紹著租賃區的額外服務項目。

「如果客人沒有承租倉庫，也可以考慮租賃一個。」

「送到我的店鋪可以嗎？」晏笙問道。

「可以的。」

考慮到藥劑店的倉庫並不大，晏笙又特地為店鋪進行升級，將它提高到最高等級。

這些出租店鋪並不是死板板的建築物，它可以任意地移動位置、增加樓層和擴張內部空間，就像是遊戲模組一樣。

在晏笙繳錢升級後，店內的空間足足擴大了一百倍，店鋪樓層變成五層，各種安全設置也是提升到最高。

「您要不要劃分一個區域當作休息區？」服務人員微笑著介紹道：「在店鋪工作累了也可以有個地方休息。我們的休息區是特地請名家設計的，各種風格都有，要是這些風格都不喜歡，我們也有提供私人訂製……」

晏笙看著那些跟家庭套房、五星級套間沒什麼兩樣的「休息區」，並沒有問出「不是說不能在店鋪內居住或是睡覺嗎？」這樣的問題。

很明顯地，這就是專門提供給「貴客」的特殊待遇。

晏笙大手一揮，直接將第五層樓變成他的專屬休息區，選了一個很有北歐風格的裝潢布置。

「網路虛擬店面已經升級完成，實體店面需要五天時間進行更動，要是您希望能快一點完成，也可以申請加急，不過加急需要支付三萬貢獻點的趕工費……」

「不用了，我不急。」

晏笙的店鋪目前只賣基礎藥劑和一星藥劑，顧客也不多，停業五天根本就不是問題。
離開房間後，晏笙收到麥斯金傳來的訊息和屠戮者的心得筆記副本。
順利買到想要的東西後，麥斯金就迫不及待地回家去研究了，他傳了訊息告知晏笙自己的去向，並說他已經跟閃金提過晏笙靠掛的事情，閃金老闆同意了。
閃金老闆說，要抹平鉸刀的事情，只需要五千貢獻點，而平時的靠掛費用是每個月一千貢獻點。要是晏笙手頭寬裕，那就一次付清一年份，要是手頭緊，那就每個月按時支付即可。
麥斯金將老闆的帳戶附在訊息下方，晏笙讓系統轉帳了一萬七過去，並留言向閃金老闆表示感謝。
做完這一切，晏笙回到樹屋，關起門來研究他從拍賣場得到的次元物質。
他從空間中取出最感興趣的拍賣品，那是一顆拳頭大小、跟鵝卵石相似的石塊。
光看外形，只會覺得這是一顆再普通不過的石頭，路邊隨處可見，可是在晏笙的鑑定之眼中，這石頭的資訊卻是「來自高等文明世界，無法判定的商品」。
來自高級位面，又是鑽石級鑑定都判斷不出的東西，肯定不簡單！
這件不明物品處於缺乏能量的狀態，晏笙事先在百嵐城買了不少能量盒和高濃度能源晶石，只希望這些能量足夠它吸收。

但是，問題來了，該怎麼讓一顆石頭吸收能量呢？

晏笙將能量盒和高濃度能源晶石全都拿出來，在地上堆成堆，又拿出一個小鐵鎚，開始敲打石頭的外殼，想把包裹在外面的石層敲下來。

既然是高級位面的東西，堅固性應該可靠吧？不會被他的輕輕敲打給敲壞了吧？

抱持著對於高級品的信任，晏笙下手毫不手軟。

敲啊、敲啊……

外面包裹的石層剝落了，露出裡頭的內容物——一顆彈珠大小、發著銀白微光、材質不明的圓珠。

接下來該怎麼辦？

晏笙偏著腦袋想了想，將圓珠放在能量堆中心。

「這些能量都給你，你吸收了吧！」

如果這圓珠像是小說中描述的高科技產物，那應該有智能系統，應該能聽懂他的話，會聽從命令吸收能量，要是它沒動靜，那也無妨，反正他也只是隨口一說。

話音剛落，下一秒，圓珠上的光芒閃爍幾下，那堆能量瞬間化為灰燼。

「嘶——」

晏笙震驚地看著圓珠，還沒做出反應，圓珠就朝著他的臉直衝而來。

晏笙下意識地閉上眼睛，等著緊接而來的痛楚，卻沒注意到，那圓球在貼上他的皮膚時就化為虛影融入他的腦中！

同一時間，晏笙的直播間影像閃爍了一下，而這一秒的變異竟然連天網都沒能偵測出來。

觀眾們還好奇地討論著晏笙究竟買到了什麼東西，他們觀看的直播影像中，顯示的卻是晏笙對著「完好的能量堆」和「來歷不明的石頭」發呆。

先前晏笙剝開石頭的畫面，以及能量堆被吸收殆盡的景象，全都沒有出現。

後記

《天選者》這本書，大綱跟設定來來回回修改了好多次。

最初是想要寫一個「現實中的遊戲世界」，玩家們在遊戲世界中的競爭和獲得的資源，牽涉到國家和地方勢力的發展。

後來發現這樣的設定涉及的東西太多，便不斷精簡和修改，將最初的「真實的遊戲世界」主軸保留，其餘的東西剔除，就成了現在的《天選者》。

《天選者》的故事主軸，是幸運星晏笙和厄運小王子阿奇納的冒險之旅。

每個人對於「幸運」的定義都不一樣。

有人覺得一生平安順遂就是幸運。

有人覺得事事逢凶化吉就是幸運。

有人覺得要發橫財、隨便做什麼事情都能獲得大成就才是幸運。

有人覺得要「人在家中坐，錢從天上來」才是幸運。

我個人是認同「一生平安順遂就是福」的觀點，不過既然是小說主角，當然不能活得平平淡淡，總該有些波折和驚喜。

以前寫的網遊小說就是純網遊，跟現實劃分成兩個世界，而《天選者》是真實世界裡的網遊，次元世界中的一生就是真實的一生。

希望這樣的設定你們會喜歡。（笑）

國家圖書館出版品預行編目資料

天選者①：就算是砲灰，我也要當最帥的那一個！ / 貓邏 著 .-- 初版 .-- 臺北市：平裝本 . 2019.04 面；公分(平裝本叢書；第 481 種) (# 小說)

ISBN 978-986-96903-5-5（平裝）

857.7　　108002946

平裝本叢書第 481 種
小說 01

天選者

① 就算是砲灰，
我也要當最帥的那一個！

作　　者—貓邏
發 行 人—平雲
出版發行—平裝本出版有限公司
台北市敦化北路 120 巷 50 號
電話◎ 02-27168888
郵撥帳號◎ 18999606 號
皇冠出版社（香港）有限公司
香港銅鑼灣道 180 號百樂商業中心
19 字樓 1903 室
電話◎ 2529-1778　傳真◎ 2527-0904
總 編 輯—許婷婷
責任編輯—張懿祥
美術設計—王瓊瑤
著作完成日期— 2018 年 12 月
初版一刷日期— 2019 年 4 月
初版二刷日期— 2024 年 2 月
法律顧問—王惠光律師

讀者服務傳真專線◎ 02-27150507
電腦編號◎ 571001
ISBN ◎ 978-986-96903-5-5
Printed in Taiwan
本書特價◎新台幣 249 元 / 港幣 83 元